JOHN & EMILY
Lykaner Liebe

AF220720

Deutsche Originalausgabe, 1. Auflage 2020

Ihr findet mich hier:
https://www.facebook.com/liam.rain.7311
https://www.facebook.com/Liam.Rain.Autor
https://www.instagram.com/liam_rain_autor
https://twitter.com/Liam_Rain_Autor
https://www.Patreon.com/LiamRain

Kontakt:
E-Mail: LiamRain@gmx.de

Impressum

©2017 Erstfassung (John Hunter) by Liam Rain
©2020 Lektorierte komplett überarbeitete Neufassung

Liam Rain

c/o Strobel

Oberer Holler 12, 66869 Kusel

John & Emily

Liam Rain

Autor: Liam Rain

Covergestaltung: Alisha Mc Shaw

© Depositphotos Bild-ID: 228529034 (@Maximusdn)

© AdobeStock Bild-ID: 297528989 (@samopauser), Bild-ID: 76490406 (@Romolo Tavani)

Lektorat: Clemens Heydenreich

Herstellung und Verlag: BoD- Books on Demand, Norderstedt
ISBN: 978-3-7526-7305-0

Widmung

An dieser Stelle möchte ich allen berühmten und auch den weniger bekannten Autoren danken, die mich mit ihren Büchern begeisterten und in mir das Feuer der Leidenschaft für das geschriebene Wort entfachten.

Vorwort

Da dies in einigen Rezensionen der Erstauflage zu sprechen kam, will ich hier eine kleine, aber wichtige Information hinterlassen:

Meine Lykaner sind *keine* Werwölfe! Sie könnten mit herkömmlichen Gestaltwandlern verwechselt werden, was sie jedoch nicht sind.

Gestaltwandler verändern nur ihre Körperform.

Lykaner jedoch tragen zwei *gleichberechtigte* Seelen in ihrer Brust - die des Menschen und die des Wolfes.

Daher stimmen auch einige der typischen Charakteristika überein, wie man sie aus Romantasy mit Werwölfen gewohnt ist.

Aber lest selbst.

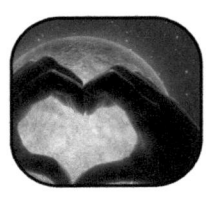

John

Zum letzten Mal kehrte ich nach Hause zurück und genoss die heiße Dusche. Dann zog ich mir eine schwarze Jeans und dazu passend ein gleichfarbiges Hemd an, eine einfache Krawatte schloss den Kragen und rundete das Bild mit den schwarzen Lackschuhen ab. Wenigstens würde ich meinem Vater zu seiner Beerdigung keine Schande erweisen, indem ich mit den dreckstarrenden Arbeitshosen auftauchte.

An der Haustür drehte ich mich um und warf einen letzten, melancholischen Blick zurück. Hier war ich aufgewachsen, behütet und geliebt von den Menschen, die nun leider beide verstorben waren.

Das Haus war leer und kalt ohne sie. Das liebevolle Lächeln meiner Mutter fehlte mir, ebenso wie die Schimpftiraden meines Vaters.

Immer wieder hatte er mir gepredigt, ich sollte doch endlich mal eine Frau mit nach Hause bringen, die mich heiraten wollte.

„Ich vermisse euch schrecklich", sagte ich leise in die tiefe Stille, dann straffte ich die Schultern und verließ mein Elternhaus.

Morgen würde eine Spedition kommen und das Haus räumen, damit der Makler es verkaufen konnte. Der Erlös ging an eine Hilfsorganisation, das war der letzte Wunsch meiner Eltern gewesen. Sie hatten mich bodenständig erzogen, dadurch kam ich auch mit dem wenigen Geld zurecht, das von meinem Ausbildungsgehalt übrig blieb. Natürlich nach Begleichung der üblichen Rechnungen.

-Aktuell-

Ein Jahr war es nun schon her, dass ich in meinem kleinen Appartement in Quebec City eingezogen war. Das erste halbe Jahr meiner Maurerlehre war ich noch zwischen der Stadt und meinen Eltern gependelt. Jedes Wochenende gute 410 Miles pro einfache Strecke, doch dann beschlossen meine Eltern und ich, dass eine Wohnung in der Stadt sinnvoller und vor allem günstiger wäre. Dabei war uns der akademische Titel meines Vaters sehr gelegen gewesen. Wenn ich Urlaub hatte, fuhr ich nach Hause auf die Insel.

Doch vor einem halben Jahr verstarben meine Eltern plötzlich an Herzversagen. Damals verbrachte ich meinen gesamten Urlaub damit den Papierkram zu regeln. Wie weit meine Eltern stets vorausplanten, zeigte sich, als ich die Beerdigung organisieren wollte – denn der Bestatter meinte, es sei bereits alles geregelt und bezahlt. Auf meine Nachfrage, wer das denn bestellt hätte, antwortete er: „Von Ihrem Vater, Prof. Dr. Charles Hunter"

Gestern hatte ich mein Zertifikat bekommen. Damit war meine Ausbildung offiziell abgeschlossen und bestanden. Irgendwie war es total ungewohnt, nicht auf die Arbeit zu gehen, so suchte ich den Stadtpark auf und versuchte einfach nur zu entspannen, denn ich verspürte seit einigen Tagen eine innere Unruhe, die ich nicht erklären konnte.

Der Frühlingstag war herrlich. Die Sonne schien von einem strahlend blauen Himmel herab, eine leichte Brise schob die Wolken wie große Wattebäusche vor sich her. Es war sommerlich warm, so dass ich mit freiem Oberkörper auf der Wiese des kleinen Parks lag. Einige junge Frauen blieben stehen und betrachteten unverhohlen meinen Körper.

„Hey Süßer, hast du heute Abend schon was vor?", rief mir eine von ihnen zu und lächelte mich lasziv an.

„Bisher noch nicht", antwortete ich.

Da kam sie mit geröteten Wangen zu mir und drückte mir einen Flyer für eine Collegeparty in die Hand.

„Wäre schön, dich dort zu treffen", murmelte sie, ehe sie wieder zu ihren Freundinnen eilte, die bereits kichernd auf sie warteten. Eine Weile blickte ich ihnen noch hinterher, dann seufzte ich.

So schön es auch war, dass sich die Frauen zu mir hingezogen fühlten, so sehr wünschte ich mir endlich eine richtige Gefährtin. Eine, die ihr Leben mit mir teilen wollte, ohne sich an meiner anderen Seite zu stören.

Allmählich frischte es auf und ich zog mir mein T-Shirt über.

Zeit aufzubrechen - vor mir lag noch ein weiter Weg.

Doch ehe ich loszog, wollte ich mir diese Party ansehen. Nach einem kurzen Abstecher in meinem Appartement, um mich frisch zu machen und umzuziehen, trugen meine Beine mich zu der Adresse, die auf dem Flyer gestanden hatte. Schon von Weitem war die Musik und das Gejohle der jungen Menschen zu hören.

„Verzeih mir, mein alter Freund", murmelte ich mir leise zu, dann ging es hinein in die wilde Sause.

Mitten in der Nacht schlich ich mich aus dem Bett der jungen Frau vom Mittag. Draußen herrschte beinahe vollkommene Finsternis. Dunkle Wolken einer heranziehenden Regenfront verdeckten die Sterne. Ich schlug den Hemdkragen hoch und lief los. Der kalte Wind war schon von Feuchtigkeit geschwängert. Bald würde es wie aus Eimern schütten.

Es hatte tatsächlich begonnen stark zu regnen, deshalb war ich froh endlich am Flughafen angekommen zu sein. Dort schlüpfte ich in ein Diner und ließ mich auf einem freien Platz am Tresen nieder. Die Bedienung kam und sagte: „Guten Morgen! Was darf's denn sein, Süßer? Hunde sind im Lokal leider nicht erlaubt."

Ich bestellte mir ein Bauernfrühstück mit Kaffee und antwortete: „Es war nicht mein Hund, nur ein Streuner, den ich ein Stück im Wagen mitgenommen hatte." Das war der Nachteil bei meinem Volk: Wenn es regnete, konnte man den Wolf direkt riechen.

Die Wärme, die meine Kleidung trocknete, den Kaffee, die Mahlzeit und die Musik genießend, verbrachte ich den halben Tag dort.

Wo meine Reise mich wohl hinführen würde? Ans Meer wollte ich unbedingt, vielleicht es auch überqueren, nach Übersee. Doch vorher wollte ich ein bisschen durch Amerika ziehen und mir mit Gelegenheitsarbeiten meine Finanzen auffrischen. Ein entsprechendes Visum trug ich bei mir.

Mit einem Handzeichen gab ich der Bedienung zu verstehen, dass ich die Rechnung wollte. Sie kam und ich zahlte, wobei ich ein großzügiges Trinkgeld drauflegte. Ihre Miene erhellte sich und sie ging summend davon.

Draußen stand die Sonne bereits tief, als ich in das Flugzeug nach Duluth stieg. Dort wollte ich an der Bundesstraße entlang gegen Süden wandern.

Diese Nacht schlief ich ziemlich schlecht, was nicht nur am bevorstehenden Vollmond lag – Fliegen wurde sicher nicht zu meiner liebsten Reisemethode. Im Morgengrauen landete meine Maschine und ich war froh wieder festen Boden unter den Füßen zu haben.

Etwas später lief ich mit einem großen Coffee-to-Go und einer Tüte Bagels ausgerüstet weiter.

Mit jeder Meile kam ich meinem Ziel ein wenig näher, doch auch der Mond nahm stetig zu. Morgen würde er wieder voll sein und die *Bestien* sicher auch hier des nachts unterwegs.

Immer der Bundesstraße folgend, gönnte ich mir kaum eine Pause, irgendwas trieb mich unaufhaltsam weiter, hinderte mich sogar daran, zwischenzeitlich zu schlafen.

Mittlerweile war ich seit 3 Tagen wach und die ersten Mangelerscheinungen machten sich bemerkbar. In meinem Sichtfeld tauchten schattige Stellen auf, die auf den zweiten Blick verschwunden waren. Immer öfter dachte ich, Bewegungen gesehen zu haben, wo keine Bewegung sein konnte. Mein Körper verfiel in eine Art Autopilotenmodus, denn er hörte nicht auf weiterzulaufen - selbst wenn mich der Sekundenschlaf übermannte. Plötzlich war die Nacht da und der Mond stand hell am Firmament.

Die Paralyse der Wandlung erwischte mich eiskalt, denn es war mir nicht mehr möglich, das schützende Dickicht, das nur einen Steinwurf entfernt war, zu erreichen. Als die ersten Knochen brachen und sich zu verschieben begannen, dachte ich noch: **'Hoffentlich kommt jetzt niemand vorbei und sieht mich so!'**

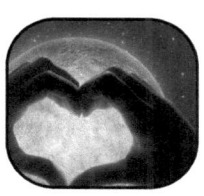

Jasmin

Wieder eine Vollmondnacht, in der meine Schwester und ich uns auf die Suche nach den Werwölfen von damals machten. Aus dem Jägerforum wussten wir, dass diese Viecher sich nie weit von einem bewährten Jagdrevier entfernten. Und da sie damals bei uns Beute schlagen und ein neues Mitglied für ihr Rudel gewinnen konnten, gingen wir davon aus, dass unser Zuhause ein solches Jagdrevier war. Wir waren mit dem alten Ford unseres Vaters ein Stück an der Bundesstraße Richtung Duluth gefahren, da sahen wir, wie sich am Straßenrand etwas bewegte. Ein Mann kauerte dort.

„Den schnappen wir uns!"

Ein Stück weit entfernt hielten wir an, um uns an ihn heranzuschleichen.

Während der Wandlung waren die Viecher am Wehrlosesten und wir konnten sie beinahe gefahrlos einfangen, um sie zu verhören und anschließend abzuknallen.

Per Handzeichen verständigten Emily und ich uns darauf, uns zu trennen, um den Werwolf in die Zange zu nehmen. Der hockte wie paralysiert da und ich trat vor ihn. Die Mündung meiner doppelläufigen Flinte richtete ich direkt auf seine Augen. Man konnte das Fell sprießen sehen und die Knochen brechen hören. Als seine Knie sich nach hinten schoben, schrie er auf, doch es klang bereits mehr nach Tier als einem Menschen.

Er schien die Wandlung fast abgeschlossen zu haben und hob den Kopf, um sein Geheul anzustimmen, da bemerkte er meine Waffe.

Hinter ihm knackte ein Ast unter dem Fuß meiner Schwester und sie schlug dem Wolf schnell einen schweren Stein ins Genick, woraufhin er bewusstlos zusammenbrach.

Gemeinsam schleppten wir das Vieh zum Auto und fuhren mit ihm nach Hause, wo wir das Tier in einen Käfig wuchteten und absperrten.

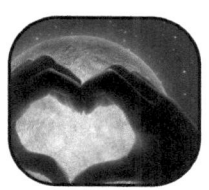

John

Ein stechender Schmerz schoss mir durch den Kiefer, dann einer in den Rücken. Die ersten Knochen brachen, laut knackend, nur um sich direkt darauf zu verschieben. Das Fell spross wie Unkraut aus den Poren, die Sicht schärfte sich, mein Gehör wurde um ein Vielfaches feiner und auch der Geruchssinn wurde besser. Ich krümmte mich auf dem Boden zusammen. Den Blick nach unten gerichtet, sah ich, wie meine Hände sich in Pfoten verwandelten. Als die Knie sich durchdrückten und nach hinten bogen, schrie ich auf – ein Schrei, der bereits nicht mehr menschlich klang.

Endlich ließ der Schmerz nach und ich legte den Kopf in den Nacken, um dem hellen Mond einen innigen Gruß zuzurufen. Doch was ich stattdessen sah, war die Mündung einer doppelläufigen Flinte. Hinter mir knackte ein Zweig.

Ein harter Schlag traf mich ins Genick und ich verlor das Bewusstsein.

Als ich erwachte, lag ich zusammengekrümmt in einem Käfig. Ich wollte mich aufrichten, doch es ging nicht.

Für den Wolf hätte der Platz in dieser vergitterten Box womöglich gerade so ausgereicht – doch konnte ich meine Verwandlung noch nicht steuern. Wieder einmal nahm ich mir vor, es bald zu erlernen.

Eine Frau, schätzungsweise Mitte zwanzig, kam durch die Tür und sah auf mich herab. Ihr abweisender Gesichtsausdruck signalisierte mir, dass ich auf der Hut sein musste.

Sie zog sich einen Stuhl heran und setzte sich rittlings darauf. Die Arme legte sie dabei auf die Lehne und ließ ihren Blick über mich wandern.

Stumm registrierte ich jede ihrer, noch so kleinen, Bewegungen.

Nach einer Weile brach sie das Schweigen.

„Rück' schon raus mit der Sprache: Wer bist du? Woher kommst du? Was willst du hier? Wo sind die Anderen?"

Die Frau trug Reitstiefel, zerrissene Jeans, ein rot kariertes Hemd und einen breitkrempigen Hut. Ein Elektroschocker steckte in einer der Taschen des Werkzeuggürtels, der ihre schmalen Hüften umschlang. Seufzend legte sie den Hut auf den Tisch, von dem sie den Stuhl weggezogen hatte. Ihre violetten Haare waren kurz geschnitten und mit ein paar blauen Strähnen verziert. Erneut sahen ihre stahlgrauen Augen mich an.

„Wenn du nicht freiwillig antwortest, werde ich Methoden finden, deine Zunge zu lockern."

Ihre leicht geschwungenen Lippen waren zu einem dünnen, blassen Strich zusammengepresst.

„Wieso lassen Sie mich nicht hier raus und etwas anziehen, damit wir wie zivilisierte Menschen miteinander reden können?"

Sie lachte bitter auf.

„Zivilisiert? Du machst wohl Witze, Werwolf! Solche wie du kennen kein zivilisiertes Verhalten!"

Sie war vom Stuhl gesprungen und tigerte nun durch den kleinen Raum.

„Ich bin kein Werwolf", gab ich verstimmt zurück. „Ich bin Lykaner – und wir können uns durchaus anständig benehmen".

Abrupt blieb sie stehen und sah mich mit zusammengekniffenen Augen an.

Mit einem großen Schritt war sie an meinem Käfig und ich spürte den beißenden Schmerz der Elektroschocks.

„Du sollst mir nur auf meine Fragen antworten und nicht mit mir plaudern!", fauchte sie mich an, dann setzte sie sich erneut auf den Stuhl.

„Wer bist du? Woher kommst du? Was willst du hier? Wo sind die Anderen?"

Was war dieser Frau passiert, dass sie derart schlecht auf Werwölfe zu sprechen war?

Endlich ließen die Zuckungen nach und ich konnte den beißenden Geruch von Ozon wahrnehmen, was es mir erschwerte, wieder normal zu atmen. Auf der Suche nach einer Fluchtmöglichkeit, schweifte mein Blick durch den Raum. Doch schnell musste ich feststellen, dass es keine gab.

Nicht einmal das kleinste Fenster konnte ich entdecken und die Tür hatte keinen Griff, war also nur von außen zu öffnen.

„Du kommst hier nicht raus", sagte sie und ich musste schlucken.

Meine Handflächen wurden feucht. Würde ich hier drinnen sterben müssen, weil mich eine wildfremde Frau für einen Werwolf hielt?

„Wer bist du? Woher kommst du? Was willst du hier? Wo sind die Anderen?", fragte sie wieder in eisigem Ton.

„Ich bin Lykaner, kein Werwolf. Komme von nirgendwo und bin nur auf der Durchreise. Und ich kenne keine Anderen", antwortete ich leise.

Sie sprang auf und rüttelte am Käfiggitter.

„Willst du mich verarschen, Werwolf?!"

Erneut durchfuhren mich Elektroschocks - die erst aufhörten, als ich Schaum spuckend liegen blieb.

Mein Sichtfeld verengte und trübte sich bereits, da sprang die Zimmertür schwungvoll auf und eine andere Person kam hereingestürmt.

„Wenn du ihn umbringst, erfahren wir nie, was wir wissen wollen. Geh mal Luft schnappen, ich übernehme hier."

Die junge Frau sah hasserfüllt auf mich herab, drückte der anderen Person den Elektroschocker in die Hand und ging. Dann umschloss mich selige Dunkelheit. Mein Wolf erschien mir und sagte, ich solle nicht aufgeben, da kam ich auch schon wieder zu mir. Dieses Erlebnis war neu, schön und gleichzeitig sehr verstörend für mich.

Vorsichtig blickte ich zu der Person auf, die sich mittlerweile auf den Stuhl gesetzt hatte und zuckte zusammen.

Offenbar hatte ich ein Déjà-vu, denn ich sah Reitstiefel, zerrissene Jeans, ein rot kariertes Hemd, stahlgraue Augen und einen breitkrempigen Hut.

Doch als sie die Kopfbedeckung ablegte, bemerkte ich, dass ihre Frisur anders war. Ein Pferdeschwanz fiel ihr geschmeidig in den Nacken. Die hellbraunen Haare hatten ein paar rote Strähnen. „Lass mich eines gleich klarstellen, Werwolf.

Bloß, weil ich meine Schwester davon abgehalten habe dich zu töten, heißt das noch lange nicht, dass ich es nicht selbst tun werde."

„Ich bin Lykaner und ich würde mich gern angezogen, nicht in einen Käfig eingesperrt und zivilisiert unterhalten", sagte ich leise, in der Hoffnung sie würde mich nicht auch gleich misshandeln.

Sie zog eine Augenbraue nach oben.

„Werwölfe, Lykaner - wo soll der Unterschied sein? Beide werden zu Bestien und töten Menschen."

„Lykaner töten keine Menschen, auch nicht bei Vollmond, weil wir mit unserem Wolf kommunizieren. Er ist ein Teil von uns. Werwölfe töten Menschen und können nicht mit ihrem Tier kommunizieren, das macht sie ja so gefährlich – die Bestie kontrolliert den Menschen", antwortete ich leise.

„Du würdest doch alles erzählen, nur um hier rauszukommen."

Ergeben schloss ich die Augen. Wenn ich es ihr doch bloß beweisen könnte.

„Geben sie mir einen ruhigen Moment, ich will versuchen es ihnen zu beweisen. Mein Problem ist nur, dass ich es nie gelernt habe, die Gaben meines Volkes zu nutzen. Ich bin unter Menschen aufgewachsen."

Sie verdrehte die Augen, doch dann nickte sie.

„Fünf Minuten."

Sie griff in die Gesäßtasche der Jeans und zog ein Smartphone hervor, auf dem sie eifrig zu tippen begann.

Als Kind schon waren mir die Übungen zur Entspannung und Konzentration schwergefallen, doch nun musste ich unbedingt zur Ruhe kommen, um meinen Wolf zu erreichen. Die Augen hielt ich geschlossen und konzentrierte mich auf meine Atmung. Schon bald merkte ich, wie die Dunkelheit hinter meinen Augen an Tiefe gewann.

Spürte wie mein Puls sich senkte und auch der Atem ging nun wieder langsam und gleichmäßig.

Doch ich musste noch tiefer hinab in die Dunkelheit. Endlich sah ich die bernsteinfarbenen Augen meines Begleiters und spürte auch seine Anwesenheit.

„Bitte hilf uns hier rauszukommen. Zeige mir, wie ich dich ohne die helle Nacht rauslassen kann."

Er saß vor mir und legte den Kopf schief. Dann stand er auf und trat ganz nah an mich heran – urplötzlich war er verschwunden. Ein stechender Schmerz zerrte mich in die Wirklichkeit zurück.

Als ich die Augen öffnete, sah ich, wie sich meine Hände in Pfoten verwandelten, hörte und spürte das Brechen der Knochen.

Dann drückten sich die Knie nach hinten durch und ich musste schreien. Die ganze Zeit lag dabei der Blick zweier stahlgrauen Augen auf mir. Die Tür wurde aufgerissen und die Frau mit den violetten Haaren kam hereingestürmt. Fassungslos starrte sie mich an.

„Was zur Hölle ist das?", schnauzte sie und wies dabei auf mich, der nun als Wolf in dem Käfig saß.

So schnell war meine Metamorphose zuvor noch nie abgelaufen.

„Er hat sich verwandelt. Also hat er die Wahrheit gesagt: Werwölfe können das nicht ohne Vollmond, laut dem Eintrag über Lykaner im Jägerforum."

Sie blickten beide auf das Smartphone und die Kurzhaarige nickte.

„Gut, nun muss er uns nur noch ein paar Antworten liefern und vielleicht denke ich dann darüber nach, ihn gehen zu lassen."

Hechelnd saß ich in meinem Gefängnis –da begann ohne Vorwarnung die Rückwandlung.

Ehe ich es mich versah, befand ich mich wieder in Menschengestalt - zusammengekrümmt und nackt.

„Könnte ich bitte etwas zum Anziehen bekommen?", fragte ich kleinlaut.

Die mit dem Pferdeschwanz nickte, verließ den Raum und kam kurz darauf mit einer Jogginghose zurück, die sie mir zuwarf. Doch egal wie sehr ich mich abmühte, ich konnte die Hose nicht anziehen, weil mir im Käfig der Platz dazu fehlte.

Hinter meinem Rücken hörte ich die Frauen wispern.

„Geilen Knackarsch hat er ja schon. Und schön definierte Muskeln."

„Doch das ändert nichts daran, dass er eine Bestie ist",

Leise räusperte ich mich:

„Ladys, ich verstehe jedes Wort."

Ein unterdrückter Fluch war die Antwort, dann öffnete eine der Beiden –welche konnte ich nicht sehen - den Käfig und gab mir so die Möglichkeit, mich zu strecken und endlich in die Hose zu schlüpfen.

„Du darfst rauskommen, aber du bleibst dort am Käfig, wo wir dich sehen können."

Ich kroch raus und setzte mich davor auf den Boden.

„Wer bist du? Woher kommst du? Was willst du hier? Wo sind die Anderen?", fragte die Frau mit den kurzen Haaren.

„Mein Name ist John Hunter."

Die mit dem Pferdeschwanz schmunzelte

„Hunter? Dein Ernst jetzt?"

„Ja, so hießen meine Eltern."

„Woher kommst du?"

„Aus Kanada."

„Wohin willst du?"

„In den Süden, vielleicht auch nach Übersee."

„Was willst du hier?"

„Ich war auf der Durchreise, da haben Sie mich gefangen."

„Wo sind die anderen?"

„Tut mir leid sie enttäuschen zu müssen, Ladys. Aber wie oft muss ich es noch sagen –ich kenne keine Anderen."

Sie schwiegen.

„Wenn sie hier ein Problem mit Werwölfen haben, kann ich ihnen gerne helfen es zu beseitigen. Doch zuvor wüsste ich auch gern, mit wem ich eigentlich das Vergnügen habe?"

Die Frauen wechselten Blicke und gestikulierten wild mit den Händen, Gebärdensprache, vermutete ich, dann nickte die mit den kurzen Haaren und die mit dem Pferdeschwanz ergriff das Wort:

„Mein Name ist Emily Jones, meine Schwester Jasmin hast du ja bereits kennengelernt."

„Freut mich euch kennenzulernen Emily und Jasmin."

„Wieso willst du uns helfen? Du weißt ja nicht mal, was unser Problem ist", murrte Jasmin.

„Nun. Anscheinend sitze ich hier nur gefangen und misshandelt, weil ihr ein Problem habt. Das macht es damit wohl auch zu meinem Problem. Reicht euch das vorerst als Grund?"

Ich spürte die Unruhe meines Wolfes und atmete einige Male tief durch, in der Hoffnung es würde helfen. Doch seit ich ihn angefleht hatte sich zu zeigen, saß er ganz nah unter der Oberfläche und so stark wie nie zuvor spürte ich seine Emotionen, als ob es meine eigenen wären.

Als Jasmin ihre Hand in den Werkzeuggürtel schob, in dem nun wieder der Elektroschocker steckte, drängte sich ein Knurren meine Kehle hinauf.

Die Frauen sahen mich an, dann packte Emily ihre Schwester am Handgelenk und schüttelte den Kopf, woraufhin Jasmin die Hand sinken ließ.

„Sorry, alte Gewohnheiten lassen sich schwer ablegen", murmelte sie.

Nun war auch mein Wolf verwirrt. Woher kam diese plötzliche Stimmungsänderung uns gegenüber?

„Und nun da euer Problem auch mein Problem ist, wüsste ich gerne, was es ist und wie ihr gedenkt die Sache zu lösen?"

Sie sahen sich an und Jasmin schüttelte den Kopf. Daraufhin übernahm es wieder Emily leise zu erzählen.

„Vor zwei Jahren haben Werwölfe ihren Verlobten getötet. Bei dem Angriff wurde sie schwer verletzt und verlor ihr Kind."

„Das tut mir leid zu hören."

„Das Schlimmste aber war, dass es nicht irgendwer war, durch den sie ihr Kind verloren hat. Sondern unser Vater!"

Betretenes Schweigen machte sich breit. In meinem Inneren konnte ich den Wolf heulen spüren. Auch mir ging diese Aussage nah.

„Darf ich fragen, wie euer Vater so geworden ist?"

„Gebissen, wie sonst?", antwortete Jasmin grimmig.

Emily begann, leise und stockend zu berichten.

„Es kam schleichend. Er war leidenschaftlicher Jäger. Eines Tages kam er von einem seiner Ausflüge zurück und erzählte, auf unserer Einfahrt von einem streunenden Köter angefallen und gebissen worden zu sein. Die Verletzung verheilte nicht richtig und es ging ihm von Tag zu Tag schlechter.

An jenem Abend waren Jasmin und ihr Verlobter Mike zu Besuch und hatten uns gerade erst, freudestrahlend, von ihrem Vorhaben zu heiraten erzählt.

Als dann später der Vollmond aufging und draußen das Heulen anstimmte, lief Mike raus, um die Werwölfe zu vertreiben und uns zu schützen. Er hatte keine Chance. Sie zerrissen ihn, wie ein altes Handtuch. Unser Vater wurde währenddessen drinnen immer unruhiger und aggressiver. Doch als Jasmin ihn beruhigen wollte, rastete er aus und stach ihr mit seinem Bowiemesser in den Bauch.

Anschließend rannte er hinaus, wo die Verwandlung einsetzte und er dann gemeinsam mit den Anderen den armen Mike auffraß. Nicht einmal Knochen haben sie übrig gelassen."

Während Emily erzählte, hielt ihre Schwester sich die Hand auf den Bauch gedrückt; sie war blass geworden. Der Drang, zu ihr zu gehen, sie in den Arm zu nehmen und vor allem und jedem schützen zu wollen, keimte plötzlich in mir auf. Mein Wolf trieb mich dazu, er wollte sie mit seinem Leben schützen. War sie etwa unsere Gefährtin? Sollte das Schicksal wirklich einen solch makabren Humor haben?

Unbewusst hatte ich mich aufgerichtet und war bereits einen Schritt auf sie zugegangen, da hielt sie mir einen kleinen Trommelrevolver entgegen.

„Noch einen Schritt näher und du brauchst dir keine Gedanken mehr um deine Zukunft zu machen!"

Ich sah das kalte Metall in ihren Händen an, dann ihre ebenso kalten Augen. Seufzend schlich ich zum Käfig zurück.

„Was muss ich bloß tun, damit du mir endlich glaubst, dass ich dir nie ein Leid zufügen würde?", murmelte ich leise.

Die Tür hinter mir klappte zu.

„Du kannst gar nichts tun. Sie wird niemals einem Werwolf vertrauen" sagte Emily.

Ehe ich etwas erwidern konnte schob sie schnell hinterher „Nein einem Lykaner auch nicht."

Meine Schultern sackten noch weiter herab und ich ließ den Kopf hängen. Mein Wolf heulte auf und war unruhig, weil Jasmin den Raum verlassen hatte.

„Wieso interessiert dich so plötzlich ihr Wohlergehen?", fragte Emily lauernd, sodass ich wieder den Blick hob, um sie anzusehen.

„Ich glaube sie ist unsere Gefährtin", antwortete ich traurig.

Da lachte sie mir schallend ins Gesicht.

„Ernsthaft? Na dann viel Spaß mit ihr."

Immer noch lachend verließ sie den Raum und die Tür rastete klickend im Schloss ein.

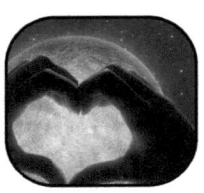

Jasmin

In der Küche hörte ich das Klappen der Kellertür und meine Schwester kam lachend ins Wohnzimmer, wo ich gerade dabei war, den Kamin anzufeuern. Ich wischte mir mit dem Handrücken den Schweiß von der Stirn und wandte mich um.

„Warum lachst du?"

Sie sah mich an und musste noch mehr lachen. Den Bauch haltend, ließ Emily sich auf das Sofa fallen und es dauerte eine Weile, ehe sie sich soweit gefangen hatte, dass sie reden konnte.

„Du hast Ruß auf der Stirn."

Ich nickte.

„Aber das war nicht der Grund, warum du so gelacht hast, als du aus dem Keller gekommen bist", stellte ich fest und sie schüttelte den Kopf.

„Stimmt."

Sie griente breit vor sich hin und ließ mich zappeln. Emily wusste ganz genau, dass ich kein geduldiger Mensch war.

„Rück' schon raus mit der Sprache!"

„Das wird ein Spaß!" ulkte sie und fiel prompt vom Sofa, als sie sich in einem neuen Lachanfall kringelte. Meinen eisigen Blick ignorierend erhob sie sich wieder und ging in die Küche, wo sie zu hantieren begann.

„Blöde Kuh", maulte ich ihr leise hinterher und machte mich wieder daran den Kamin zu entfachen.

Als das Feuer endlich loderte und wohlige Wärme verbreitete, folgte ich ihr in die Küche.

Gerade wollte ich den Deckel vom Topf heben, da klopfte Emily mir mit dem Kochlöffel auf die Hand.

„Finger weg! In diesem Zustand kommst du nicht mal in die Nähe meines Essens! Geh dich waschen du bist voller Dreck!"

Mit strenger Miene wies sie zur Küchentür und ich schlurfte, mit gespielter Traurigkeit raus. Hinter mir lachte sie schon wieder los. Allmählich nervte es wirklich.

Immer zwei Stufen auf einmal nehmend hechtete ich die Treppe hoch und flitzte ins Bad. Dort entledigte ich mich der Dreckwäsche und huschte unter die Dusche. Das heiße Wasser entspannte mich etwas und machte mir den Kopf frei. Als meine Schwester dem Kerl erzählt hatte, warum wir Werwölfe jagten, war der ganze Scheiß von damals wieder in mir hochgekommen. Und dann besaß der Köter auch noch die Frechheit einen auf Mitleid zu machen - ich hatte den Raum verlassen müssen, sonst hätte ich ihn womöglich doch noch unbedacht erschossen.

Sein Bild trat vor mein inneres Auge. Emily hatte ja schon Recht – er war sexy, aber leider auch ein Werwolf. ‚Lykaner', verbesserte ich mich in Gedanken. Die waren anscheinend so etwas wie die strahlenden Ritter unter den Wolfsmenschen - wenn man dem Jägerforum glauben konnte und das war in der Regel verlässlich.

Sein trauriger Dackelblick, nachdem ich ihn mit dem Revolver zurückgewiesen hatte, ließ mich nicht los.

Seine bernsteinfarbenen Augen, die allzu sehr an das erinnerten, was er war, faszinierten mich ebenso wie das markante Gesicht mit den schmalen Lippen und dem kurzen kastanienbraunen Haar.

Garantiert lagen ihm die Frauen zu Füßen und er hatte an jedem Finger mindestens eine. Doch dann erinnerte ich mich an etwas, das ich ebenfalls in dem Forum gelesen hatte.

Sowohl Lykaner als auch Werwölfe, pflegten bi zu ihrem Lebensende in einer Beziehung mit ihren Gefährten zu bleiben.

Ich schüttelte mir die Gedanken aus dem Kopf und wusch mich eilig zu Ende, dann huschte ich, noch nass und nackt, in mein Zimmer. Dort zerrte ich eine Jogginghose und ein weiteres kariertes Hemd aus dem Schrank. Noch während ich mich anzog, lief ich die Treppe hinab und in die Küche.

Meine Schwester servierte mir eine große Portion ungarischer Gulaschsuppe. Mein Leibgericht. Nachdem sie beide Teller gefüllt hatte nahm sie mir gegenüber an den kleinen Tisch Platz.

„Guten Appetit", sagten wir. Im Turbotempo schaufelte ich meinen Teller leer und wischte ihn mit einer Scheibe Brot aus.

„Hm, göttlich", schnaufte ich, als ich mich, nach der dritten Portion, im Stuhl zurück sacken ließ und mir den gefüllten Bauch hielt. Emily sah mich an und schmunzelte.

„Immer wieder frage ich mich, wo du die ganze Menge an Essen hinschiebst, ohne dick zu werden."

„Keine Ahnung."

Auch ich musste schmunzeln, denn sie aß nicht weniger als ich und war genauso schlank.

„Erzählst du mir nun, was vorhin so lustig war?"

„Gratuliere zu deinem neuen Haustier! Den wirst du nicht mehr los."

Meine Augenbrauen wanderten fragend nach oben.

„Ich hoffe, du hast keine Hundehaarallergie."

„Hä?"

„Hey, aber wenn es regnet, bleibt er draußen, ich mag den Geruch von nassem Hund nicht im Haus haben."

„Was?"

„Du checkst es nicht, oder?"

Ich schüttelte den Kopf.

„Sag mir doch endlich, auf was du raus willst!", murrte ich genervt.

„Er denkt Du bist seine Gefährtin."

Lachend stand sie auf, räumte den Tisch ab und machte sich schnell aus dem Staub. Grübelnd blieb ich am Esstisch zurück.

Immer wieder gingen mir ihre Sprüche durch den Kopf, die erst nach ihrer letzten Aussage einen Sinn ergaben. '…*Du bist seine Gefährtin!*' plötzlich machte es KLICK, und ich verstand.

„Waaas?! Sag mal: Spinnst du?!", schrie ich und sprang auf, um sie zu suchen.

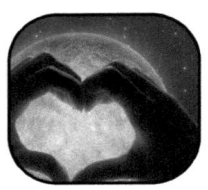

John

Nach diesem Seelenstriptease war ich völlig ausgelaugt und müde, also hielt ich Ausschau nach einem Platz zum Schlafen. Leider blieb mir hierfür nur der Fußboden. Der Raum war kühl, der Boden noch kühler und ich immer noch halb nackt. Aus rein pragmatischen Gründen wünschte ich mir in diesem Moment das dicke Fell meines Wolfes - und siehe da: Die Verwandlung trat ein. Endlich warm eingepackt, legte ich mich auf den Boden des Käfigs, die Schnauze auf meine Pfoten gebettet und den Blick zur Tür gewandt.

Lange konnte ich noch nicht geschlafen haben, da wurde die Tür aufgerissen und eine total aufgebrachte Jasmin stürmte herein.

„Das kann ja wohl nicht dein Ernst sein, du stinkiger Köter!", schrie sie mich an. „Niemals werde ich mit einem Werwolf ein Paar! Ich bin garantiert nicht deine Gefährtin!"

Sie blickte mit eisigen Augen auf mich herab. Mein Wolf heulte schmerzerfüllt auf: Sie hasste uns? Sie würde nie unsere Gefährtin sein? Ich spürte seinen rasenden Schmerz im Herzen - und zudem die Schmerzen der Rückwandlung, die dagegen harmlos wirkten.

„Bitte sag nicht nie. Das bringt uns um", flehte ich sie an. Dabei presste ich die geballte Faust gegen die Brust, in der mein Herz schmerzhaft klopfte, bereit seinen Dienst zu quittieren - wenn unsere Gefährtin uns endgültig abwies.

Sie sah mich an und wirkte plötzlich versöhnlicher: „Was hast du, du siehst nicht gut aus?"

Sie kam einen Schritt auf mich zu und machte ein besorgtes Gesicht.

„Mein Herz, bitte weise uns nicht ab", brachte ich nur stockend, nach Luft ringend, hervor.

Sie zog eine Augenbraue nach oben.

„Das ist eine alte Nummer, die zieht bei mir nicht!"

Emily kam durch die noch offene Tür herein und meinte ganz trocken: „Nur dass es bei denen keine Nummer ist, sondern tödlicher Ernst."

Jasmin sah mich skeptisch an: „Ist das wahr?"

Ich nickte, spürte, wie mein Herz immer langsamer wurde und sich jeder Schlag anfühlte, als würde man es aus meiner Brust reißen.

Gerade wollte es seinen letzten Schlag tun, da rief sie: „Hey, nicht verrecken! Ich meinte es nicht so, gib mir bitte Zeit mich an den Gedanken zu gewöhnen!"

Zitternd öffnete ich die Augen und sah in ihr verstörtes Gesicht

„Nur nicht, nie sagen", brachte ich noch leise hervor, ehe mich die Ohnmacht hinab in die Dunkelheit zog.

Mein Wolf lag zusammengekrümmt an diesem besonderen Ort und jaulte leise. Ich setzte mich zu ihm.

„Sie braucht Zeit, die müssen wir ihr lassen - nach all dem, was sie erlebt hat."

Er sah mich an und ich spürte seine Zustimmung, ehe sein leises „Okay" erklang.

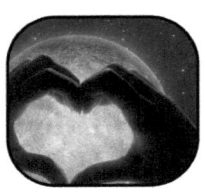

Jasmin

Während er ohnmächtig wurde, konnte ich nur besorgt zusehen. Hoffentlich würde er mir nicht doch noch verrecken. Warum plagte mich plötzlich ein schlechtes Gewissen? Hatte der Köter mich verhext?

Etwas hatte sich in meiner Einstellung ihm gegenüber geändert, doch ich konnte beim besten Willen nicht sagen, was es war. Langsam ging ich zu ihm und tastete nach seinem Puls, der schwach, aber fühlbar war. Emily lehnte an der Tür und grinste.

„Was gibt's da so dämlich zu grinsen?", fauchte ich sie an.

„Das war Rettung auf den letzten Drücker. Du hättest ihn umgebracht, ohne eine Waffe dafür zu brauchen."

Sie wurde wieder ernst und sah ihn nachdenklich an.

„Im Ernst jetzt Jasmin: Willst du wirklich darüber nachdenken ihm eine Chance zu geben?"

Ich nickte, dann schüttelte ich den Kopf

„Ich weiß es nicht. Ich habe gelesen, was in dem Forum stand. Anscheinend sind Lykaner die ‚Strahlenden Ritter' unter den Wolfsmenschen.

Denkst du so was ist möglich, ein Mensch, der sich friedlich und ohne Nebenwirkungen Körper und Seele mit einem Tier teilt?"

Sie zuckte mit den Schultern

„Probier' es aus. Wenn es nicht klappt, können wir ihn immer noch töten."

Damit ließ sie mich stehen und ging hinauf ins Haus.

Den Blick auf den bewusstlosen Mann werfend, setzte ich mich auf den Boden an der Tür.

Was hatte ich mir bloß dabei gedacht?

Gerade, als ich mich hochdrückte, um zu gehen, öffnete er die Augen und sah mich schmerzerfüllt an.

„Wenn du mich sowieso töten willst, dann lass mich vorher wenigstens noch etwas für dich tun und die Mörder deines Verlobten und Kindes zur Strecke bringen.“

Seine Augen begannen zu glühen und er knurrte. Ich schüttelte den Kopf.

„Ehrlich gesagt weiß ich nicht, was ich mit dir machen soll.“

Dann ging ich hinaus und schloss die Tür ab. Hinter mir ertönte ein schauriges Heulen und ich eilte die Treppe rauf, um von ihm wegzukommen.

Verdammt! Warum hatte ich das zu ihm gesagt? Sonst war ich doch gegenüber diesen Biestern auch nicht so redselig. Lag das daran, dass er so sexy war? Oder an dem, was ich gelesen hatte?

Konnte es wirklich solche Wesen geben, die friedlich, trotz einem ihnen innewohnenden Tier, neben uns Menschen leben konnten?

Ich schüttelte den Kopf, um diese nervigen Gedanken loszuwerden.

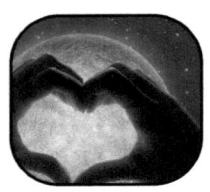

John

Jasmins Geständnis machte uns Hoffnung auf eine, wenn auch schwierige, Zukunft mit ihr. Doch dann verließ sie uns schon wieder und schloss sogar die Tür hinter sich. Das traurige Heulen meines Wolfes drängte sich durch meine Kehle und ich ließ es zu. Der Raum erbebte und zurück blieb nur Stille. War sie wirklich gewillt darüber nachzudenken, uns eine Chance zu geben?

Traurig und einsam rollte ich mich auf dem Boden zusammen. Diesmal hieß ich die Kälte willkommen, denn sie beruhigte mein überhitztes Gemüt.

Jedes Mal, wenn ich an die Frauen dachte, an ihre schmalen Körper mit den weichen Kurven, drängte sich mir die Frage auf, wie sie sich wohl in meinen Armen anfühlen würden. Mehr wagte ich mir gar nicht zu erhoffen. Doch mein Wolf hatte sich die *Verbindung* mit Jasmin zum Ziel gemacht. Er wollte ihr sein Mal aufdrücken und sie mit seinem Geruch markieren.

Mir würde es vollkommen reichen, sie überhaupt berühren zu dürfen. Eines Tages vielleicht machte ich mir Hoffnung und schlief erneut ein.

Als oben ein Schrei erklang, war ich sofort hellwach und versuchte aus dem Raum zu kommen.

Doch die Tür hielt eisern zu, oben ertönte Gepolter und noch ein Schrei. Das war Jasmin! Sie war in Gefahr und brauchte uns! Auf der Treppe klangen hastige Schritte, dann riss Emily die Tür auf.

„Schnell, lauf und hilf ihr!", mehr brachte sie nicht mehr zustande.

Mein Wolf drängte sich durch – und ich ließ ihn gewähren.

Wir sahen die, veränderte, Duftspur von Emily und die etwas verblasste von Jasmin. Mit zwei großen Sätzen war ich die Treppe hinauf, nur um in der Küche einen Mann umzurennen. Er war nackt und im fortgeschrittenen Alter. Seine Farbspur ähnelte denen der Frauen, doch schwang auch das Gräuliche einer Erkrankung mit und sein Geruch gab mir Preis, dass er ein Werwolf war.

Er knurrte mich an: „Wer bist du und was hast du in meinem Haus, bei meinen Töchtern, zu suchen?" Auch ich musste knurren, er hatte damals unserer Jasmin üble Schmerzen zugefügt.

„Sie schützen, doch was treibt Sie zurück? Wollen Sie ihnen noch mehr schaden? Es gibt hier keine schwangeren Mädchen, die Sie abstechen können!"

Er fletschte die Zähne und begann mich zu umkreisen. Mein Kiefer schmerzte und die Reißzähne drückten sich durch, die Sicht schärfte sich und ich merkte, wie sich meine Hände in Klauen verwandelten - anstatt in Pfoten.

Seine Augen weiteten sich.

„Was zur Hölle bist du denn für ein Freak?!", rief er und blieb entsetzt stehen.

Hinter ihm auf der Arbeitsfläche stand ein Messerblock, den er natürlich auch bemerkt hatte.

Mein Rücken streckte sich und wurde breiter, die Beine länger und kräftiger.

Das Gefühl von endloser Kraft, und Macht durchströmte mich. Schon hatte er seine Überraschung überwunden, griff hinter sich und ging, mit einem der Küchenmesser, auf mich los.

Ohne darüber nachzudenken überließ ich meinem Wolf die Führung.

Er wich geschmeidig den Stechattacken des Mannes aus und setzte ihm Hieb für Hieb zu.

Nach einer Weile blutete der Mann bereits aus einigen tiefen Kratzern und keuchte vor Anstrengung.

Ich witterte Jasmins Wut und Angst, da hatte der andere sie auch schon erblickt.

„Tochter, komm doch her. Ich war doch nicht zu grob mit dir? Oder bist du die treulose Schlampe, die uns verlassen hat?"

Er hatte einen lüsternen Blick und ich drehte den Kopf, um sie anzusehen. Ihre Kleidung war zerrissen, die Scham zu sehen und auf dem Bauch prangten tiefe Kratzer.

Die Wut kochte wie heißes Feuer in meinen Venen und mein Wolf wollte denjenigen töten, der ihr das angetan hatte. Schon nahm ich Witterung auf und stellte fest, dass er es gewesen war.

Mein Kopf schnellte herum und meine Fänge traten noch weiter hervor. Dafür würde er sterben! Doch noch bevor ich ihn weiter angreifen konnte, knallte es. Sein Rücken war zur Kellertür gedreht und die Augen ungläubig aufgerissen. Hinter ihm stieg eine schmale Rauchsäule auf, dann sackte er mit glasigem, starrem Blick in sich zusammen und ich konnte die Schützin sehen. Nun erst fiel mir auf, dass auch Emily so übel zugerichtet worden war - da brach sie weinend zusammen.

Noch immer war ich in dieser seltsamen Gestalt, doch so gern ich mich zurückgewandelt hätte, ich war dazu noch zu aufgebracht. Deshalb ging ich mit wenigen Schritten zu ihr, schob den Revolver mit der Pfote weg und nahm sie behutsam in die Arme. Ihr Geruch drängte sich mir in die Nase und ich musste entsetzt feststellen, dass der Mann ihr noch mehr angetan hatte.

Zu seinem Glück war er bereits tot, sonst hätte ich ihn, ohne zu zögern, für diese Tat umgebracht. Sachte schob ich Emily, zu ihrer Schwester rüber und schloss auch sie in die Umarmung mit ein. Endlich konnte ich mich beruhigen und die Rückverwandlung begann, so konnte ich wieder sprechen.

„Hat er euch ...?", fragte ich zögernd, aus Angst die grausige Wahrheit ausgesprochen zu hören doch sie schüttelten, zu meiner Erleichterung, den Kopf.

„Soweit kam es nicht, dank dir", flüsterte Emily, wobei ich wusste, dass sie log.

Trost spendend hielt ich die beiden Frauen im Arm. Mein Wolf dachte leider an ganz andere Dinge und zum ersten Mal in unserem Leben waren wir uneinig.

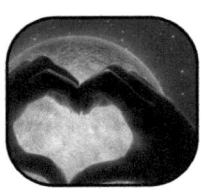

Jasmin

Als er mir Emily zuschob und auch mich, ohne zu zögern, in die Umarmung einschloss, ließ ich es einfach zu. Seine Nähe, Wärme, und Güte taten meiner zerrissenen Seele gut. Er war bereit gewesen für uns zu töten - ich hatte es an seinen Augen gesehen. Doch dann war Emily schneller und hatte im richtigen Augenblick geschossen.

Endlich verwandelte er sich zurück und streichelte uns immer wieder über den Rücken, dabei gab er beruhigende Geräusche von sich.

„Nun seid ihr nicht mehr in Gefahr. Ich werde euch mit meinem Leben schützen."

Ich spürte, wie Emily nickte. Wieso glaubte und vertraute sie ihm so plötzlich? Trotzdem stimmte auch ich zu, denn immerhin hatte er gegen unseren Vater gekämpft. Langsam schob er uns enger zueinander und ließ uns dann los.

Nun lag meine Schwester in meinen Armen und er verschwand, durch die noch offene Tür in der Dunkelheit. Was er jetzt wohl vorhatte?

Ein kühler Luftzug drang ins Haus. Schnell ging ich hin, warf die Tür ins Schloss und ließ mich aufatmend an ihr hinabgleiten. Neben mir sackte kurz danach auch Emily zu Boden.

Ich schlang meine Arme um sie und spendete ihr den Trost, den ich eigentlich selbst brauchte. Lange weinte sie, und als sie sich endlich beruhigt hatte, sah sie mich mit roten verquollenen Augen an.

„Tut mir leid, normal müsste ich doch für dich da sein und nun tröstest du mich."

Wieder drang ein Schluchzen aus ihrer Kehle und ihre Augen wurden von neuen Tränen überschwemmt.

„Alles wird gut. Wir sind nicht mehr allein."

Ich rieb ihr über den Rücken, doch sie riss sich los.

„Ich habe gerade unseren Vater erschossen! Wie kannst du da sagen: Alles wird gut?"

Traurig schüttelte ich den Kopf.

„Unser Vater war bereits tot, er hätte nie auch nur daran gedacht, Hand an uns zu legen."

Ihren Blick konnte ich nicht deuten.

„Was ist? Du guckst so komisch?"

Eine düstere Ahnung keimte in mir auf.

Sie setzte sich vor mich, die Knie angezogen und umschlang ihre Beine mit den Armen. Ich konnte nur noch ihre Haare sehen, als sie mit zittriger Stimme zu erzählen begann.

„Es war nachdem du für dein Studium nach Boston gezogen warst. Er begann zu trinken. Bald schon reichte jede Kleinigkeit aus und schon schlug er mich. Ich traf dann auf einen jungen Mann und wir verliebten uns. Als ich eines Morgens zurück ins Haus schlich, wartete unser Vater in der Küche.

Er sah wütend aus und ich hatte Angst, er würde mich wieder schlagen, doch stattdessen sagte er nur, ich solle mal die Wäsche waschen und schickte mich in den Keller.

Gerade war ich dabei, die Waschmaschine zu befüllen, da spürte ich einen Schlag an die Halsseite und verlor das Bewusstsein. Als ich wieder zu mir kam, saß Vater mit einer Flasche Schnaps neben mir und betrank sich.

Ich war gefesselt und nackt. Immer wieder faselte er was davon, für was es denn Töchter gäbe, wenn nicht um Spaß zu haben. Dann legte er sich auf mich und..."

Mitten im Satz brach sie ab und schluchzte laut auf. Doch als ich sie in den Arm nehmen wollte, wehrte sie mich ab.

„Bitte, lass mich erst zu Ende reden. Ich muss es dir erzählen, damit ich abschließen kann."

Mehr als ein heiseres „Okay" brachte ich nicht zustande und musste hart schlucken.

„Er hat mich fast zerdrückt mit seinem Gewicht und sein Ding in mich gerammt. Ich weinte, weil er mir wehtat und meine Unschuld raubte, doch er meinte bloß, ich solle mich nicht so anstellen. Als er endlich von mir herunter stieg sagte er, dass das unser kleines Geheimnis bleiben müsse.

Dann hat er mir die Fesseln abgemacht und ist gegangen. Doch es blieb nicht bei diesem einen Mal. Immer öfter, wenn er heimkam, schlug er mich und bestieg mich dann." Ein erneutes Schluchzen schüttelte sie durch. „Wenn ich mich versuchte, zu wehren schlug er mich bewusstlos und fesselte mich –bis er fertig war."

Sie weinte leise in sich hinein, doch meine tröstende Hand wehrte sie immer noch ab. Nach einigen Momenten sprach sie abgehackt weiter.

„Da er nicht verhütete, kam es, wie es kommen musste – ich wurde schwanger. Als er das herausfand, schlug er mich und stieß mich die Kellertreppe hinab. Unten trat er mir in den Bauch, bis ich ohnmächtig wurde.

Im Krankenhaus kam ich zu mir und eine Ärztin teilte mir mit, dass ich wieder gesundwerden würde.

Mein Kind hätte es leider nicht geschafft und es würde für mich fast unmöglich sein, weitere Kinder zu bekommen. Sie ging und ich war total durcheinander. Einerseits trauerte ich um das Kind, andererseits war ich froh es nicht bekommen zu müssen.

Kaum war ich wieder zu Hause, klingelte die Polizei, um mich wegen meines ‚Unfalls' zu befragen. Vater stand die ganze Zeit daneben und ich konnte ihnen nicht sagen, dass er es gewesen war, der mich so zugerichtet hatte. Kaum waren sie weg, warf er mich aufs Sofa und bestieg mich.

An den wenigen Tagen, wo er sich nicht schon nach dem Aufwachen besoff, plagte ihn ein schlechtes Gewissen. Dann machte er mir Frühstück und schenkte mir Blumen. Doch spätestens mittags hielt er seine Schuld nicht mehr aus und griff zum Alkohol.

Wenn er dann wieder besoffen war, war es ihm egal, wie er mich nahm, solange er mich besteigen konnte. Einmal war ich dabei den Kamin anzumachen und er kam, besoffen wie fast immer, nach Hause. Er sah mich dort knien und drückte mich mit dem Gesicht auf den Boden, zerriss meine Stoffhose und die Unterwäsche und drängte sich in mich."

Sie hatte den Kopf gehoben und sah durch mich hindurch, während sie noch weitere Grausamkeiten berichtete.

Der Kloß in meinem Hals wurde immer größer, denn ich gab mir die Schuld an ihrem Leiden: Wäre ich nicht weggegangen, um zu studieren, hätte er sie in Ruhe gelassen.

„Vorhin warst du oben in unserem Zimmer und ich wollte dir Essen richten. Da stand er plötzlich in der Küche, hat mich direkt auf die Arbeitsplatte gedrückt, meine Kleider zerrissen und sich in mich gedrängt ... Als ich schrie, kamst du die Treppe runter und er ließ von mir ab, ehe du in die Küche betreten hast.

Ich bin dann schnell in den Keller gerannt und habe den Lykaner freigelassen."

Ein Kratzen an der Haustür ließ mich aufschrecken. Daneben war ein kleines Fensterchen in die Mauer eingelassen. Leise erhob ich mich und sah hinaus.

Die aufgehende Sonne warf ihre ersten Strahlen auf einen großen, zotteligen, braunen Wolf. Seine bernsteinfarbenen Augen sahen direkt in meine. Doch ehe ich reagieren konnte, begann er sich zu verwandeln und stand als nackter Mann vor unserem Haus.

„Jasmin, Emily –lasst ihr mich bitte rein?"

Seine Stimme klang ruhig und bedacht. Ein Blick auf meine total apathische Schwester gab mir zu denken. Nach alldem, was sie mir gerade erzählt hatte, wäre ihr der Anblick eines nackten Mannes wohl nicht zumutbar.

„Zieh dir bitte wieder dein Fell an. Dann lasse ich dich rein", rief ich und sah, wie er die Stirn runzelte. Er seufzte und stand kurze Zeit später wieder als zotteliger Wolf da. Ich öffnete die Tür und er trottete herein. Vor Emilys Füßen blieb er stehen und gab ein leises Winseln von sich.

Doch sie reagierte nicht und ich gab ihm einen Wink mit mir hinaufzugehen.

Als wir im Schlafzimmer standen und ich leise die Tür geschlossen hatte, verwandelte er sich zurück.

„Vorhin war sie noch nicht so", stellte er fest und ich schüttelte den Kopf.

„Sie hat mir etwas Schlimmes erzählt und das hat sie extrem mitgenommen."

Er zog die Augenbrauen hoch.

„Lass mich raten, es hat etwas mit Männern zu tun. Deshalb sollte ich auch als Wolf reinkommen?"

Mein Nicken ließ ihn knurren. Sein durchdringender Blick lag auf mir und ich ertrug es nicht länger ihn anzusehen, also wandte ich mich um und trat ans

Fenster

„Es war unser Vater."

Endlich liefen die Tränen, die mir schon die ganze fürchterliche Erzählung über in den Augen brannten. Er trat hinter mich und schlang seine Arme um meinen Bauch. Dabei spürte ich etwas an meinem Hintern drücken.

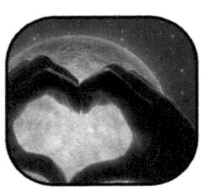

John

Sie wirbelte herum und verpasste mir einen Kinnhaken, der es in sich hatte. Meinen schmerzenden Kiefer reibend, sah ich sie an.

„Wofür war das denn?"

Ihre Augen schienen Funken zu sprühen.

„Du widerliches Stück Scheiße! Ich habe versucht dir zu vertrauen, doch du bist halt auch nur ein abartiges Tier!"

Ihre Worte ergaben für mich erst einen Sinn, als sie energisch auf meinen Unterleib deutete, wo sich eine Erektion gebildet hatte.

Oh mein Gott, sie musste mich ja für einen Perversling halten!

„Nein! Bitte ignoriere das. Sieh mir bitte in die Augen, Jasmin!"

Sie hob den Kopf und für einen Moment stand die Zeit still, als unsere Blicke sich trafen.

„Mache ich den Eindruck, als wäre ich im Moment daran interessiert mit dir zu schlafen?"

Sie zog die Stirn in Falten und schüttelte dann den Kopf.

„Nicht wirklich, doch was soll das dann?"

Dabei zeigte sie wieder auf meinen Penis.

„Das kommt nicht von mir, denn da sind mein Wolf und ich uns uneins. Er will - ich nicht."

Seufzend hockte ich mich auf die Kante ihres Bettes und sie trat näher.

„Und was stellst du dir vor, wie ich nun reagieren soll?", fragte sie in lauerndem Ton.

„Mir eine Hose geben?", antwortete ich vorsichtig.

Ihr Nicken ließ mich aufatmen. Dann öffnete sie den Schrank und beugte sich nach vorne, um ganz unten in einem Haufen Männerkleidung zu wühlen. Ihr strammer, noch immer entblößter, Hintern schwebte direkt vor mir und ich erhaschte einen Blick auf ihre, blank rasierte, Mitte. Nun hatte auch ich Bilder im Kopf, die sehr unanständig waren. Fest umschloss ich mit beiden Händen mein Glied, damit sie nicht sah, wie sehr mich ihr Anblick reizte.

Ehe ich es mich versah, drückte sich mein Wolf durch und ich konnte sie riechen: Sie war leicht erregt! Als sie sich umwandte, eine Jogginghose in der Hand haltend, sah sie mich mit großen Augen an.

„Deine Augen leuchten und deine Nasenspitze zuckt", flüsterte sie.

„Ich kann deine Erregung riechen", murmelte ich leise.

Sie riss die Augen auf und schlug mir hart mit der flachen Hand ins Gesicht, warf mir die Hose an den Kopf und verschwand aus dem Zimmer. Schnell schlüpfte ich in das Stück Stoff, doch bevor ich ihr nacheilte, suchte ich aus dem Chaos im Schrank auch für sie noch eine frische Hose und ein Shirt heraus.

Als ich aus der Tür stürmte, rannte ich in Emily hinein. Die sah an mir herab, auf die ausgebeulte Hose und fing an zu weinen.

Hin und her gerissen, um welche der Frauen ich mich nun zuerst kümmern sollte stand ich da.

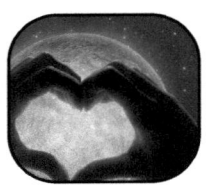

Emily

Eigentlich wollte ich nur in unser Schlafzimmer gehen, um frische Kleidung zu holen und mir danach - wie so oft schon- die Schande vom Leib zu schrubben bis es zu bluten anfing.

Ruckartig öffnete sich die Tür und John stürmte heraus. Da er mich nicht sofort wahrnahm, rannte er voll in mich rein. Dabei rammte sich etwas Hartes in meinen Bauch und ich sah mit Entsetzen die große Ausbeulung seiner Hose. Würde er nun auch über mich herfallen? Unwillkürlich brach ich in Tränen aus.

Das Auftauchen unseres Vaters und das, was er mir erneut angetan hatte, hatte die mühsam aufgebaute Fassade meiner Selbstbeherrschung zerschmettert.

John sah total verstört auf mich herab, dann blickte er sich suchend um.

Jasmin, die kurz zuvor auch schon aus dem Zimmer gestürmt war, hatte sich direkt im Bad verschanzt. Was hatte der Typ ihr angetan?

Als er an mir vorbei wollte, legte ich ihm eine Hand auf die nackte Brust und schob ihn energisch ins Zimmer zurück. Hinter meinem Rücken zog ich den kleinen Revolver aus dem Hosenbund.

Wenn ich nicht immer ein Opfer bleiben wollte, musste ich jetzt handeln.

Mit einem kräftigen Stoß beförderte ich ihn rücklings aufs Bett und schloss die Tür hinter mir ab.

Seine Augen weiteten sich vor Entsetzen, als ich ihm die Waffe vor die Nase hielt und sagte:

„Zieh dich aus!"

Was tat ich da bloß?

Er fragte ungläubig: „Bitte?"

In diesem Moment rastete irgendwo in meinem Kopf eine Sicherung aus.

Was ich danach tat, werde ich mir wohl nie verzeihen können. Mit dem entsicherten Revolver wies ich auf seine Hose.

„Ich sag's nicht noch mal!"

Hastig zerrte er sich den Stoff von den Beinen und sein, vor Angst erschlafftes, Glied kam zum Vorschein. Die Waffe drückte ich ihm direkt aufs Herz und bestieg ihn rittlings.

„Wenn du dich bewegst, bist du tot."

Dann rieb ich meine Mitte an ihm, bis sein Schaft wieder hart war.

Mit der freien Hand zog ich ein Kondom aus dem Nachttisch und riss mit den Zähnen die Verpackung auf. Schnell rollte ich es ihm über und ließ ihn dann in mich gleiten.

Seine Hilflosigkeit gab mir das Gefühl von Macht und zum ersten Mal gefiel es mir, einen Mann zu spüren. Ein sanftes Pochen zwischen meinen Schenkeln trieb mich dazu, ihn schnell und hart zu reiten. Schon bald begann sein Glied zu zucken, und als an der Tür gerüttelt wurde, gab mir das den letzten Kick, sodass ich mit einem heftigen Orgasmus über ihm zusammenbrach. Dabei stöhnte meine Lust in seinen Mund den ich mit meinen Lippen verschloss.

Als erneut an der Tür gerüttelt wurde, flüsterte ich an seinen Lippen: „Das bleibt unser kleines Geheimnis" und ließ mich dann neben ihn fallen.

Plötzlich wurde mir klar, was ich getan hatte.

Sogar dieselben Worte wie mein Schänder hatte ich genutzt. Beschämt zog ich mir die Bettdecke über den Kopf.

Das Bett schaukelte heftig, als John es flüchtend verließ und kurzerhand durch die abgeschlossene Tür sprang, deren Schlüssel noch immer in meiner Hose war.

Seine Schritte polterten die Treppe hinab und unten knallte die Tür ins Schloss.

Nun endlich konnte ich bittere Tränen der Reue weinen. Er hatte uns gerettet - und wie dankte ich es ihm?

„Na, geht's dir jetzt besser?", fragte Jasmin, nachdem sie mir die Decke vom Kopf gezogen hatte.

Bei ihrem Anblick musste ich noch heftiger heulen als zuvor.

„Ich bin nicht besser als unser Vater. Ich habe mir einfach genommen, was ich wollte. Er konnte sich nicht wehren – deshalb", schluchzte ich und zeigte ihr den Revolver.

Da bekam ihr Gesicht einen sanften Ausdruck und sie kroch zu mir aufs Bett. Sie nahm mir die Waffe ab und zog mich in ihre Umarmung.

„So kann das nicht weitergehen. Es wird Zeit, mit all dem aufzuräumen", sagte sie mit einer weitläufigen Geste.

Ich konnte nur nicken und weiter vor mich hin weinen. Eine beruhigende Melodie aus unserer Kindheit summend, wiegte Jasmin mich hin und her.

„Ich kann ihm nie wieder unter die Augen treten, er wird mich nun sicher hassen!", jammerte ich.

„Er wird dir sicher verzeihen, irgendwann", antwortete sie. Einige Zeit später schlief ich erschöpft ein.

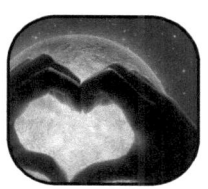

Jasmin

John kam durch die geschlossene Zimmertür gesprungen und hetzte direkt an mir vorbei die Treppe hinab, aus dem Haus. Lautstark fiel hinter ihm die Tür ins Schloss. Der Geruch von frischem Sex waberte mir entgegen, als ich durch das Loch in unser Zimmer trat. Vor dem Bett lag ein benutztes Kondom. Also hatte ich mich doch nicht verhört.

Als ich Emily die Decke vom Kopf zerrte, sah ich den Revolver in ihrer Hand und ahnte Schlimmes.

„Na, geht's dir jetzt besser?"

Sie schüttelte den Kopf und weinte: „Ich bin nicht besser als unser Vater. Ich habe mir einfach genommen, was ich wollte. Er konnte sich nicht einmal wehren – deshalb."

Sie hielt mir die Waffe hin, die ich ihr schnell abnahm und sicherte.

Auf der Bettkante lagen eine frische Hose und ein Shirt. Vermutlich hatte John sie mir bringen wollen.

Sie sah mich mit geweiteten Augen an und ich erinnerte mich an etwas, dass ich in meiner Studienzeit über Langzeit-Missbrauchsopfer gelesen hatte.

Sie entwickelten oftmals Tendenzen dazu selbst zu Tätern zu werden, wenn sie die erlittenen Übergriffe nicht hatten verarbeiten können.

Seufzend kroch ich zu ihr ins Bett und nahm sie in die Arme, diesmal ließ sie es zu.

„So kann das nicht weitergehen", sagte ich mit einer weitläufigen Geste meines Arms, „Es wird Zeit, mit all dem aufzuräumen!"

Emily nickte und weinte weiter: „Ich kann ihm nie wieder unter die Augen treten, er wird mich hassen!"

Doch ich schüttelte den Kopf.

„Er wird dir sicher verzeihen, irgendwann."

Leise summend wiegte ich uns hin und her. Nach einer Weile spürte ich wie ihre Atmung langsamer und ihr Körper schwerer wurde. Als dann ihr Kopf in meine Armbeuge rutschte, legte ich sie behutsam auf mein Kissen und zog ihr die Decke bis zum Hals.

Vorsichtig schlich ich mich aus dem Bett und schnappte mir die Kleider von der Bettkante.

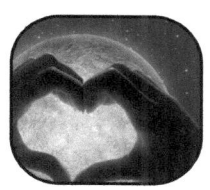

John

Mir war klar, warum Emily es getan hatte, doch nicht, wieso ausgerechnet mit mir. Meine Angst zu sterben war größer gewesen als der Wunsch, mich zur Wehr zu setzen. Denn auch wenn sich der Mythos eisern hielt, war ein Lykaner oder Werwolf durchaus mit einer normalen Kugel zu töten - wie man gut bei ihrem Vater gesehen hatte. Ein direkter Treffer ins Herz oder in den Kopf war auch für einen von uns tödlich.

Das mit dem Silber stimmte allerdings auch. Unsereins war allergisch gegen Silber, wobei das bei den Werwölfen noch schlimmer ausgeprägt war. Die reagierten schon auf jede Berührung damit, während das Silber bei uns Lykanern erst in den Blutkreislauf geraten musste, um tödlich zu wirken.

Plötzlich hatte ich den unbändigen Drang zu rennen und zu jagen - daher ließ ich es zu, dass ich mich verwandelte. Mein Wolf war extrem aufgebracht. Da wurde mir klar, dass er durch seinen Jagdtrieb versuchte, die erlebte Schmach zu verarbeiten.

Zum Glück hatte sie daran gedacht zu verhüten, sonst würden wir für den Rest unseres Lebens an sie gebunden sein. Mit Entsetzen fiel mir ein, dass das Kondom, in das ich mich ergossen hatte, noch in ihrem Zimmer liegen musste. Doch dann beruhigte ich mich wieder. Sie wollte mich nicht!

Derart viel Hinterlist, mich an sich zu binden, um mich zu quälen, traute ich ihr nun doch nicht zu. Das Vorherige war eben eine Kurzschlussreaktion gewesen.

Mein Wolf drängte mich soweit nach innen, bis die Dunkelheit mich einschloss und ich nur noch bruchstückhafte Bilder seiner Aktivitäten mitbekam. Dabei teilten wir normalerweise doch alle Sinneseindrücke miteinander. Dass er mich nun hier einschloss und ausgrenzte, machte mir eine Heidenangst.

Konnte ein Lykaner durch ein solches Erlebnis zu einem Werwolf mutieren? Mein Vater hätte die Antwort sicher gewusst, doch den konnte ich nicht mehr fragen. Zitternd blieb ich allein im Dunkeln zurück.

Als er mich wieder freigab, liefen wir unruhig in der Einfahrt auf und ab.

Jasmin stand in der Haustür und winkte mich zu sich. Mit hängenden Schultern schlich ich ihr entgegen. Wie lange war ich weggewesen? Was hatte mein Wolf angestellt, während ich eingesperrt war und wie war ich wieder hier gelandet? Zögerlich folgte ich Jasmin ins Haus.

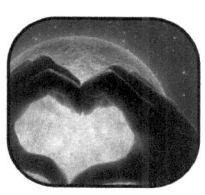

Jasmin

Inzwischen war eine Woche vergangen und ich hatte es aufgegeben, auf Johns Rückkehr zu warten. Einen Blick aus dem Fenster im Flur werfend, sah ich den braunen Wolf die Einfahrt auf und ab laufen. Überrascht schlich ich nach unten und öffnete die Tür. Er hob den Blick und ließ den Kopf hängen. Als ich ihn mit einer Geste zu mir rief, kam er angeschlichen und erinnerte mich an den sprichwörtlichen geprügelten Hund. Er betrat das Haus und ich sagte leise zu ihm „Komm mit", dann ging ich hoch ins Badezimmer. Zu zweit war es sehr eng in dem Raum, doch wollte ich ihn nicht zwingen, sich zu verwandeln.

Vorsichtig schloss ich die Tür hinter ihm, dann zog ich mich aus und drehte das Wasser in der Badewanne an.

Mit der Innenseite meines Handgelenkes prüfte ich den Strahl, bis er die richtige Temperatur hatte.

Dann setzte ich mich in die Wanne und sah ihn an.

„Willst du auch? Fühlst du dich nicht schmutzig?"

Er sah an mir vorbei und winselte leise.

„Ich werde nichts tun, was du nicht willst", sagte ich in aufmunterndem Ton und er trottete heran.

Einige Momente später verwandelte er sich und stieg zu mir ins Wasser.

Zum Glück hatten meine Eltern eine Kingsize-Wanne eingebaut, die das halbe Bad einnahm, sodass genug Platz für zwei darin war. Mit geschlossenen Augen wartete ich ab und genoss einfach nur das heiße Wasser.

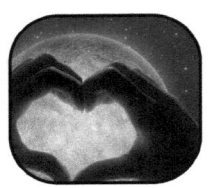

John

Vorsichtig stieg ich in die Wanne. Sie streckte die Beine aus, sodass sie zwischen meinen zu liegen kamen. Nachdem sie eine Weile nichts getan hatte, als mit geschlossenen Augen das Wasser zu genießen, entspannte auch ich mich ein wenig. Behutsam streckte ich die Beine lang und sie legte ihre darüber. Ich ließ mich noch tiefer in das angenehme Nass gleiten und schloss seufzend die Augen. In meinem Inneren rumorte es, denn mein Wolf war aufgebracht. Einerseits war er seiner begehrten Jasmin so nahe wie noch nie, andererseits hatte Emily mit uns geschlafen. Wenn ich ehrlich sein sollte, mochte ich beide Frauen - aber Emily immer noch, trotz ihres Fehltrittes, ein bisschen mehr.

Leider bestand mein Wolf darauf, dass wir mit Jasmin zusammen sein mussten.

„Sei ehrlich, war es sehr schlimm für dich, mit Emily?", fragte Jasmin mich plötzlich.

Ich öffnete die Augen und sah sie an.

„Was denkst du wohl, wie das ist, wenn man gegen seinen Willen derart benutzt wird?", murrte ich.

Sie schüttelte den Kopf und ließ sich weiter ins Wasser gleiten.

„Ich weiß es nicht. Man sagt, es sei schlimm. Doch wie fühlst Du Dich als Wolfsmensch damit?"

Mittlerweile war sie soweit herangerutscht, dass ihre Mitte nicht weiter als eine Handbreit von mir entfernt war. Wenn ich ihr nur noch wenige Zentimeter entgegengerutscht wäre hätte ich in sie eintauchen können.

Gerade noch rechtzeitig krallte ich mich am Wannenrand fest, bevor mein Wolf mich dazu treiben konnte,
seinen Gedanken umzusetzen.

Mein Glied begann sich aufzurichten und ich musste unfreiwillig daran denken, wie Emily uns geritten
hatte. Ob Jasmin ebenso wild war?

Ein lustvolles Seufzen bahnte sich den Weg durch
meine Kehle, ehe ich es verhindern konnte. Sie öffnete ein Auge und sah mich an. Ihren Blick konnte ich
nicht deuten.

Als ob sie wusste, was in meinem Kopf vorging, setzte Jasmin sich auf und umgriff mit ihrer Hand mein
Geschlecht.

„Es scheint dir zu gefallen, wenn eine Frau dir zeigt,
was sie braucht?"

Ich spürte ihre schlanken Finger an meinen Hoden
und nickte mit zusammengekniffenen Lippen.

„Leider muss ich zugeben, dass es mich erregt hat,
euch zuzuhören, John."

Sie war errötet und schlug die Augen nieder.

„Willst du wirklich mit mir, einem Lykaner, schlafen?
Wenn wir uns verbinden, ist es, für mich, lebenslang."

Sie nickte. „Ich weiß", meinte sie und griff neben der
Wanne in die Schublade des dort stehenden Schränk-
chens, aus der sie ein Kondom entnahm.

„Ich denke, das dürfte die Lösung für dieses Dilem-
ma sein?", fragte sie.

„Solange mein Samen nicht in dich dringt, müsste es
gehen... denke ich."

Sie lächelte verführerisch.

„Ich weiß, ich verlange viel von dir. Aber bitte ...?"

Als ich hastig nickte riss sie das Tütchen auf. Ich hob ihr mein Becken entgegen und sie rollte das Präservativ über meinen pochenden Schaft, dann umgriff sie ihn und führte ihn an ihren Eingang.

Langsam ließ sie sich auf ihm hinabgleiten und ich fühlte mich schon wie im Himmel - da öffnete sich die Tür und Emily kam herein.

Aus den Augenwinkeln sah ich, wie sie sich vorsichtig der Wanne näherte. Sie sah uns zu und bekam rote Wangen.

Langsam schälte sie sich aus ihrer Kleidung, setzte sich auf die Toilette fuhr sich mit den Fingern zwischen die Schenkel und begann sich dort zu streicheln. Ich hatte freien Blick auf ihre Weiblichkeit und es erregte mich, ihr zuzusehen. So lange Zeit war ich allein gewesen –und nun rangen gleich zwei Frauen um meine Aufmerksamkeit. Jasmin verfolgte meinen Blick und lächelte.

„Darf sie mitmachen?", flüsterte sie mir leise ins Ohr, als sie sich herabbeugte, um mehr Druck auf ihre Perle zu bekommen.

Zögernd nickte ich.

„Schwesterchen, komm doch auch in die Wanne, das Wasser ist herrlich."

Im Inneren führte ich mit meinem Wolf eine hitzige Diskussion: Sollten wir uns nicht mit beiden gleichzeitig verbinden, wenn das irgendwie ginge? Denn welcher Wolf hatte schon Zwillingsgefährtinnen? Nach einer Weile stimmte er zögernd zu und ich wandte meine Konzentration wieder voll den Frauen zu, die nun beide nach meiner Zuneigung lechzten.

Während Jasmin mich ritt, streichelte ich Emily, die nun mit gespreizten Schenkeln neben uns in der Wanne kauerte, an ihrer Mitte, bis sie immer unruhiger wurde und sich meiner Hand fordernder entgegen drängte.

Sachte schob ich einen Finger in sie und sie stöhnte lustvoll auf. Den Zweiten empfing sie genauso willig. Ich ließ sie darauf reiten und genoss zugleich Jasmins immer wilder werdenden Ritt auf meinem Schaft.

Als sie mir einen heißen Kuss gab und zu zucken anfing, schloss ich meinen freien Arm um sie und hielt sie fest.

Mit langen, tiefen Stößen trieb ich sie weiter ihrem Orgasmus entgegen. Dabei achtete ich darauf, dass ihre Perle bei jedem Stoß gereizt wurde. Plötzlich jedoch richtete sie sich auf und begann mit Emily zu züngeln. Ein Anblick, bei dem ich fast gekommen wäre - doch zuerst sollten die Frauen ihre Erleichterung finden.

Immer schneller wurde Emilys Ritt auf meinen Fingern, vorsichtig schob ich einen dritten Finger mit hinein und sie stöhnte kehlig auf.

Mit dem Daumen streichelte ich über ihre Knospe und schon kurz darauf schrie sie auf und zog sich um meine Finger herum zusammen. Anscheinend war das der letzte Kick gewesen, den ihre Schwester gebraucht hatte, denn auch Jasmin kam nun zum Höhepunkt. Wenige schnelle Stöße später überrollte die Welle auch mich und ich sackte befriedigt zusammen.

Wohlig knurrend genoss ich das Wasser um mich und das Wissen, die beiden Frauen, zumindest für den Moment, befriedigt zu haben.

Als eine kühle Hand anfing, über meinen Oberkörper zu streicheln, öffnete ich die Augen. Emily sah mich mit roten Wagen an.

„Das was ich dir angetan habe, tut mir unendlich leid", sagte sie und hatte Tränen in den Augen.

Sie lächelte erleichtert, als ich nickte und sie in die Umarmung zog.

Jasmin hatte sich neben mich gelegt und kuschelte sich auf der anderen Seite an mich. Schnell entledigte ich mich des gebrauchten Kondoms und streckte mich nach dem Duschgel.

Ich gab mir einen großzügigen Klecks davon auf die Hand und begann die beiden Frauen zärtlich damit einzureiben.

Nacheinander stiegen sie aus dem, mittlerweile abgekühlten Wasser und trockneten sich ab.

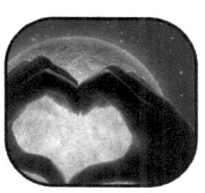

Jasmin

Der Gedanke an die Intimitäten, die wir zu Dritt geteilt hatten, ließ mich erröten. Auch meine Schwester war immer noch erregt davon. Während sie sich abtrocknete, bekam sie rote Wangen und leckte sich verstohlen über die Lippen. Wenn ich ehrlich zu mir selbst war, konnte ich mich immer besser mit dem Gedanken anfreunden, John um mich zu haben. Schon wieder hatte er bewiesen, dass ihm unser Wohlergehen über das eigene ging: Erst, nachdem wir Frauen unseren Höhepunkt erlebt hatten, hatte er sich selbst gestattet, ebenfalls zu kommen. Wenn er weiterhin so süß sein würde, hatte er gute Chancen mein Herz zu erobern.

Doch wie sollte das dann laufen?

Wenn er sich mit mir verbinden würde, was wäre mit meiner Schwester? Sie sah ihn mit verschleiertem Blick an, und als er ihn erwiderte, schlug sie die Augen nieder. Sie hatte sich bereits in ihn verliebt!

„Lass uns schon mal rübergehen", schlug ich ihr vor, um allein mit ihr reden zu können.

Im Zimmer legte sie sich nackt, wie sie war, auf unser Bett.

„Hast du dich in ihn verliebt?" fragte ich scheinbar nebensächlich, während ich im Schrank nach Kleidern für sie suchte.

„Ich glaube ja. Immer wenn er mich ansieht, habe ich so ein Kribbeln im Bauch. Es tut mir leid, Jasmin."

Ich schüttelte den Kopf, reichte ihr eine Jogginghose und ein Shirt.

„Ist schon okay. Denkst du, ein Werwolf kann zwei Frauen haben? Also, ich meine – ein Lykaner?"

Ihre Schultern zuckten. „Ich weiß es nicht. Da es, laut Bericht, mit der körperlichen Verschmelzung zu tun hat, wäre das normalerweise unmöglich. Sein Samen kann nur eine Frau gleichzeitig berühren."

„Das ist es!", rief ich und eilte ins Bad.

Unser Wolfsmensch lag dort noch immer mit geschlossenen Augen in der Wanne – das Kondom befand sich auf dem Wannenrand. Eilig nahm ich es an mich und flitzte zu meiner Schwester ins Zimmer zurück, wo auch das andere noch neben dem Bett lag.

„Wir haben zwei Kondome mit seinem Samen. Wenn du das wirklich willst, könnten wir es versuchen ... „

Sie sah mich an und Tränen schwammen in ihren Augen.

„Das würdest du für mich tun?"

„Ich liebe dich, Schwesterchen, und der Gedanke, dich den Rest meines Lebens so glücklich zu sehen wie eben, gefällt mir."

„Gerne, eigentlich ... aber andererseits: Ich will ihm nicht schon wieder etwas stehlen. Er soll das selbst entscheiden können."

Plötzlich schämte ich mich für meine Idee.

Kurz darauf kam John, noch immer nackt, ins Zimmer und Emily zog ihn zu uns ins Bett.

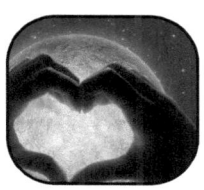

Emily

„Wie kann ich deine Gefährtin werden?", fragte ich mit glühenden Wangen.

Weil ich mich nicht traute, ihn anzusehen, wich mein Blick stattdessen zu Jasmin, die entsetzt die Augen aufriss.

„Wir könnten die *Verbindung* eingehen und ich wäre für den Rest meines Lebens dein Partner. Aber willst du das wirklich, Emily? Und was sagst du dazu, Jasmin?"

Sie sah ihn an.

„Geht das überhaupt? Ich meine, da dein Wolf doch meint, ich sei eure Gefährtin?"

Er zuckte mit den Schultern: „Moment."

Dann schloss er die Augen.

Nach einer gefühlten Ewigkeit, in der er starr und abwesend wirkte, regte er sich wieder und sah uns an.

„Der Wolf meint, es würde gehen. Und er würde meine Entscheidung akzeptieren, egal, welche von euch ich wähle. –Solange es eben eine von euch ist, da ihr das gleiche Blut teilt."

Dabei wirkte er jedoch alles andere als glücklich oder erleichtert.

„Ich lasse euch allein, damit ihr euch besprechen könnt. Wenn ihr soweit seid, ruft mich."

Schon war er aus dem Raum und lief nach unten ins Wohnzimmer. Dort hörten wir ihn unruhig umherlaufen.

„Ist das wirklich dein Ernst? Erst vergewaltigst du ihn und dann willst du seine Gefährtin werden?"

Jasmin sah mich an, mit einem gefährlichen Funkeln in den Augen.

„Was soll ich sagen?", fauchte ich leise. „Es tut mir leid, was ich ihm angetan habe, aber ich habe mich in ihn verliebt.

Er ist ein Mann, der nicht an sich selbst denkt, sondern darauf Wert legt, uns glücklich zu sehen. Vorhin wolltest du mich noch für immer glücklich sehen, woher kommt der plötzliche Sinneswandel?"

Wieso machte sie mir plötzlich Vorwürfe? Sie hatte doch selbst mit ihm geschlafen.

„Du hast recht, doch denkst du, er würde das auch wollen? Auch wenn es seltsam klingt: Sollten wir nicht auch die Gefühle seines Wolfes respektieren? Glaub mir, ich weiß doch selbst nicht, was ich davon halten soll."

Nervös fuhr sie sich mit den Fingern durch ihre stachelige Frisur.

„Was willst du wirklich, Jasmin? Wenn du John für dich allein willst, lasse ich die Finger von ihm."

Angespannt sah ich sie an, doch sie schüttelte den Kopf.

„Ich will nur, dass du dir sicher und glücklich bist. Einen Mann für mich zu finden, der zu euch beiden passt, kann so schwer nicht sein."

Sie gab mir einen liebevollen Kuss auf den Scheitel und stand auf.

„Soll ich ihn dir hochschicken? Heute bin sowieso ich dran mit Kochen."

Dabei zwinkerte sie mir zu und ging, als ich nickte, aus dem Schlafzimmer.

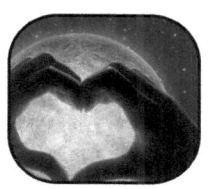

John

Jasmin kam in den Wohnraum und grinste mich an.

„Ich denke, du solltest zu ihr gehen."

Und als ich bereits an dem Durchgang zur Treppe war, fügte sie noch leise hinzu: „Ach und John, sei bitte sanft mit ihr."

„Natürlich, was denkst du denn von mir?", erwiderte ich harsch.

Noch nie hatte ich einer Frau wehgetan und bei einer solch zarten Seele wie Emily würde ich erst recht nicht damit anfangen.

Langsam stieg ich die Treppe hinauf. Ein wenig Sorgen hatte ich schon, sie vielleicht ohne Absicht zu verletzen.

Wie konnte ich ihr unsere Verbindung bloß so schön wie möglich gestalten, wenn ein anderer Mann sie stets nur verletzt hatte? Grübelnd ging ich ins Schlafzimmer, wo Emily, noch immer nackt, im Bett lag.

Vorsichtig setzte ich mich auf die Kante und bedeckte ihren bloßen Körper mit der Decke. Zuerst wollte ich sicher sein, dass sie es auch wirklich wollte.

„Deine Schwester schickt mich. Du willst mit mir sprechen?"

Sie nickte und schob sich zögernd näher.

„Bitte, mach mich zu deiner Gefährtin John–, wenn du mir verzeihen kannst!"

Errötend senkte sie den Blick.

„Natürlich kann ich dir verzeihen. Und wenn es wirklich dein Wunsch ist, nehme ich dich zu meiner Gefährtin.

Aber dazu müssen wir miteinander schlafen, und zwar ohne Verhütung, denn mein Samen muss in dich dringen."

Meine Ohren glühten und ich konnte sie kaum ansehen, so peinlich waren mir meine eigenen Worte.

Würde sie nun aus Angst ablehnen, oder wollte sie das wirklich durchziehen?

„Das habe ich mir fast schon gedacht."

Sie hatte Tränen in den Augen und ich nickte. Dann schloss ich ihr Gesicht in meine Hände ein und gab ihr einen zarten Kuss – als unausgesprochenes Versprechen, dass ich sie niemals verletzen würde.

Während wir uns küssten, glitt ich an ihre Seite und streichelte sie, ganz sanft aus Angst, sie könnte sich erschrecken.

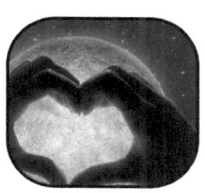

Emily

Jasmin hatte sich zurückgezogen, um uns etwas Privatsphäre zu lassen und John zu mir heraufgeschickt.

Behutsam strichen seine Hände über meinen Körper. Erst streichelte er über meine Arme, dann über den flachen Bauch. Seine zärtlichen Küsse hinterließen heiß kribbelnde Stellen und langsam machte sich ein sehnsüchtiges Pochen zwischen meinen Schenkeln bemerkbar. Wie liebevoll er sich, trotz allem, was ich ihm zugemutet hatte, meinen Bedürfnissen widmete! Nachdem er mir einen Kuss gegeben hatte, der ein stummes Versprechen in sich trug, wanderte sein Mund über meinen Hals, meinen Brüsten und dann über den Bauch hinab zwischen meine Beine.

Dort angekommen sah er mich liebevoll an und mir wurde warm ums Herz. Womit hatte ich die Liebe dieses annähernd perfekten Mannes verdient?

Seine Augen glühten auf und er versenkte den Kopf mit einem grollenden Geräusch in meinem Schoß. Sachte strich seine Zunge durch meine Spalte und über meine Knospe, bis ich dachte, vor Lust sterben zu müssen.

Seine leuchtenden Augen beobachteten jede meiner Regungen, und sobald ich ein Anzeichen machte, dass mir etwas nicht gefiel, hörte er damit auf, um mich anders zu verwöhnen.

Gerade, als ich dachte, es nicht mehr aushalten zu können, bedeckte er meinen Körper mit seinem. Die heiße Spitze seines Geschlechts lag an meiner feuchten Mitte und er sah mich zärtlich an.

„Bist du dir sicher, dass du das willst, Liebes?"

Mit heißen Wangen nickte ich.

Einen besseren Mann würde ich nicht finden.

Bei John konnte ich mir sicher sein, dass er mich niemals willentlich verletzen würde –und mich jederzeit unter Einsatz seines Lebens schützen würde.

„Aber was wird aus Jasmin?", fragte ich zögernd, denn er konnte sich ja nur mit einer von uns verbinden. John knurrte leise, die Anspannung, noch nicht vor der Zeit in meinen Schoß zu drängen, war ihm anzumerken.

„Jasmin werde ich genauso mit meinem Leben beschützen wie dich, versprochen!"

Sein Glied zuckte und als ich leise „Ja, ich will dich, mit Leib und Seele!" hauchte, glitt er langsam in mich hinein.

Ohne mir wehzutun, schob er sein Glied in meine Spalte, bis er mich vollständig ausfüllte. Ängstlich wartete ich auf den Schmerz, den ich bei diesem Akt gewohnt war, doch der kam nicht.

Die ganze Zeit über hielt er seine glühenden Augen auf mein Gesicht gerichtet.

Als er dann vollständig in mir war, verharrte er, verteilte zärtlich einen kleinen Kuss nach dem anderen auf meinem Gesicht und fragte ein letztes Mal: „Bist du dir wirklich sicher?"

Ich nickte, meine Lippen verschlossen die seinen und er begann, sich vorsichtig in mir zu bewegen.

Als ich das mit der *Verbindung* gehört hatte, hatte ich groben animalischen Sex befürchtet – so, wie mein Vater ihn mir angetan hatte. Niemals wäre mir in den Sinn gekommen, dass es so zärtlich und derart erregend sein konnte. Seine Hände lagen sanft auf meinen Hüften, die jedem seiner Stöße entgegenkommen wollten.

Meine Finger krallten sich in seine Schultern und ich wollte nur noch mehr von ihm spüren.

Seine Stöße wurden kräftiger – gerade so, als ob er wusste, was ich dachte. Wimmernd drückte ich ihm mein Becken entgegen, wollte ihn tiefer in mir aufnehmen.

Langsam legte er seine Hände unter meinen Po und hob mich ein wenig an.

Diesmal spürte ich ihn ganz tief eindringen und ein sanfter Schmerz durchzog meine Spalte. Doch als ich zischend die Luft zwischen den Zähnen einzog, senkte er sofort mein Becken ab und glitt aus mir heraus.

„Ich will, dass es schön für dich ist. Es soll nicht wehtun."

Er sah mich unsicher an.

„Bitte mach weiter, ich will es auch - aber deine übermäßige Vorsicht bringt mich noch um den Verstand!"

Er runzelte die Stirn und gab mir dann einen zärtlichen Kuss. Diesmal schlossen sich seine Finger fester um mein Becken und er schob sich mit einem Stoß tief in mich. Nun konnte ich spüren, welch großen animalischen Drang er die ganze Zeit unterdrückt hatte mir zuliebe.

Sein Glied zuckte und ich genoss den sanften Schmerz, als er innen anstieß. Immer heftiger wurden seine Stöße, während er mich unverwandt ansah.

Als er eine Hand löste und zwischen uns fuhr, wo seine Finger meine Knospe streichelten, bäumte ich mich auf.

Sofort wollte er aufhören, doch ich hielt seine Hand fest.

„Bitte, mach weiter", stöhnte ich und genoss bereits den nächsten tiefen Stoß und die Berührung seiner Finger.

Bald schon spürte ich, wie sein Glied zu pulsieren begann und auch, dass mein eigener Orgasmus sich rasch näherte.

Während ich mich aufbäumte und meine Mitte sich um ihn krampfte, verströmte grollend seinen heißen Samen in mir. Sachte legte er sich auf mich und küsste mir die Tränen aus dem Gesicht. Wo zur Hölle kamen die denn plötzlich her?

„Habe ich dir sehr wehgetan?", fragte er, beinahe schon ängstlich wirkend, doch ich schüttelte den Kopf.

„Nein. Es war wunderbar."

Erleichtert glitt er an meine Seite und zog mich in seinen Arm.

John

Emily kuschelte sich in meine Umarmung und zum ersten Mal in meinem Leben fühlte ich mich richtig gut. Als mein Samen heiß ihren Schoss füllte, hatte in meinem Inneren der Wolf freudig aufgeheult. Endlich hatten wir unsere Gefährtin gefunden und erobert. Doch nun ging das neue Leben erst los.

„Denkst du, einer wie ich findet hier in der Nähe eine Arbeit, bei der man an gewissen Tagen oder Nächten freihaben kann?

„Weisch isch nisch", nuschelte sie, bereits halb am Schlafen.

Nach einer Weile wurde es auf meinem Arm feucht und ich sah, schmunzelnd, dass sie im Halbschlaf sabberte.

Irgendwie war das schon süß, andererseits sehr nass. Also legte ich ihren Kopf sanft auf dem Kissen ab und schmiegte mich an sie, als sie sich auf die andere Seite drehte und mir ihren Po entgegen drückte.

Jasmin streckte den Kopf durch die Tür: „Essen ist fertig."

Doch als sie sah, dass ihre Schwester schlief, schmunzelte sie und senkte die Stimme.

„Magst du etwas essen gehen und ich halte sie derweil?", fragte sie leise.

Ehe ich etwas erwidern konnte, knurrte mein Magen laut auf und Emily schreckte aus dem Schlaf.

„Mein Gott, John, warum hast du nicht gesagt, dass du Hunger hast? Jasmin wollte etwas kochen."

Sanft legte ich ihr die Hand an die Wange und küsste sie auf den Scheitel.

„Liebes, deine Schwester hat gerade gefragt, ob wir etwas essen wollen. Aber ich bleibe auch gerne bei dir, wenn du jetzt lieber schlafen möchtest."

Sie riss die Augen auf und schüttelte den Kopf.

„Nein, lass uns essen gehen."

Dann schwang sie sich über mich und ließ sich auf der anderen Seite aus dem Bett kugeln. Eine Jogginghose kam angeflogen und landete in meinem Gesicht.

Als ich endlich wieder etwas sehen konnte, schien Emily plötzlich gar nicht mehr so müde zu sein und lachte mir frech ins Gesicht. Während ich mir die Hose anzog, wippte sie ungeduldig auf und ab.

Schnell sprang ich aus dem Bett und lief ihrem süßen Hintern nach, der mit eiligen Schritten die Treppe hinab schwebte.

In der Küche ließ sie sich von mir einfangen und stahl sich einen kleinen Kuss, ehe ihre Schwester dazukam und uns das Essen servierte. Sie hatte Spinat, Kartoffeln und Fisch zubereitet.

In enormem Tempo aßen die beiden ihre Portionen auf, holten sich Nachschlag, futterten auch den und lehnten sich dann zufrieden seufzend zurück.

Nun konnte auch ich getrost meine ausgiebige Mahlzeit genießen.

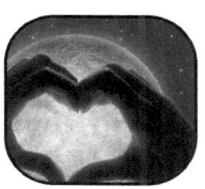

Jasmin

Ohne, dass sie es bemerkten, beobachtete ich die beiden.

Bereits nach den wenigen Tagen, die meine Schwester nun mit John verbunden war, kehrte das so lange vermisste fröhliche Glitzern in ihre Augen zurück. Es war definitiv die richtige Entscheidung gewesen, ihr diesen tollen Mann zu überlassen.

Gerade kam sie in die Küche und summte leise ein Lied vor sich hin – das hatte sie schon seit Jahren nicht mehr getan.

„Guten Morgen, Schwesterchen!", sagte sie fröhlich und füllte meine Kaffeetasse nach.

Das herrliche Aroma des frisch gebrühten Kaffees waberte durch die Küche und hob auch meine Laune noch weiter an.

„Wieso guckst du so nachdenklich?", fragte sie und riss mich in die Realität zurück.

„Nichts Schlimmes. Ich habe nur gerade dran gedacht, dass John dir richtig gut tut. Du summst sogar wieder."

Sie errötete und schabte mit dem Fuß über den Boden.

„Oh, echt? Das ist mir aber peinlich."

„Nein, ich finde es wunderbar. Früher hast du viel gesungen oder gesummt und ich fand es schön. Aber nachdem ich zurückgekommen war, habe ich es leider nie wieder gehört."

Betrübt senkte ich den Blick.

„Hey, du kannst nichts dafür, was mir passiert ist. Und nun lass uns nach vorne sehen. Es geht jetzt aufwärts – für uns beide."

John

Meine unersättliche Gefährtin machte mich fertig, indem sie immer wieder über mich herfiel und mit mir schlief. Jedes Mal, wenn unser Samen heiß in sie strömte, heulte mein Wolf freudig auf. Es war unglaublich schön mit ihr. Nun musste sie nur noch unser Zeichen erhalten, damit sie ganz die Unsere würde und jeder andere Wolf sofort roch, dass sie tabu war.

Doch wie sollte ich ihr das so schonend wie möglich beibringen?

„Sag mal, John. In dem Bericht über Lykaner hab ich was gelesen …", begann Jasmin zögerlich, die in einem ruhigen Moment zu uns kam und sich dazu gekuschelt hatte. „… ist es wahr, dass ihr eure Partnerin beißen müsst?"

„Leider ja, damit jeder andere Wolf es sofort registriert, dass diese Frau für ihn tabu ist."

„Und wo genau muss das sein?", fragte Emily nun.

Das Blut schoss mir ins Gesicht, so peinlich war es mir, darüber zu sprechen.

„Kommt drauf an, wie freizügig du dich kleidest", murmelte ich und hoffte sie hätte es verstanden.

Emilys freches Grinsen zeigte mir: Sie hatte es verstanden.

„Du meinst, wenn ich im Minirock und so herumlaufen würde, wäre es da?" Dabei wies sie zwischen ihre Schenkel und ich konnte riechen, wie sehr sie die Vorstellung erregte. Auch mich erregte der Gedanke an ihre Weiblichkeit und ich musste schwer schlucken.

Mein Nicken reichte und Jasmin seufzte genervt auf.

„Und was, wenn sie *nicht* im Miniröckchen rumläuft?"

„Dann kann das trotzdem dort sein, oder auch dort, wo sie es jederzeit zeigen kann. Doch das Mal ist etwas sehr Intimes bei unserem Volk. Es zu zeigen wäre so, wie wenn eine Frau ganz offensichtlich ihre Mitte präsentiert, weil sie nichts unter ihrem kurzen Rock trägt", antwortete ich mit vor Erregung heiserer Stimme.

Beide erröteten und nickten still.

„Wann sollte das passieren?", fragte Jasmin nüchtern.

„So bald wie möglich."

Emily wurde unruhig.

„Wenn du willst, fangen wir gleich damit an", sagte sie und spreizte die Beine.

Ein tiefes Grollen drängte sich durch meine Kehle. Die feinen Härchen an Emilys Körper richteten sich auf und sie stöhnte leise. Meine Welt schrumpfte zusammen bis es nur noch meine Gefährtin und mich gab.

Langsam ließ ich mich zwischen ihre Schenkel gleiten und verteilte zarte Küsse auf ihrer Haut. Emilys Perle war bereits angeschwollen und ich leckte mit einigen festen Strichen darüber, ehe ich sie in den Mund saugte. Immer wieder sog, knabberte und leckte ich an ihrer empfindsamsten Stelle, bis sie auf dem Gipfel der Lust ankam. Dabei schrie sie auf, drückte den Rücken durch – und nun endlich trieb ich meine ausgefahrenen Reißzähne knapp neben ihren Schamlippen in das zarte Fleisch. Sie sackte zusammen und einige Tränen rollten ihre Wangen hinab, die ich zärtlich mit dem Daumen wegstrich.

„Ich hoffe, es war nicht zu schlimm?", fragte ich zögernd und sie schüttelte den Kopf.

„Das war der geilste Orgasmus, den ich je hatte!"

Erleichtert atmete ich auf. Jasmin, die ich jetzt erst wieder wahrnahm, sah mich mit großen Augen an.

„Ich hätte nicht gedacht, dass ihr das in meiner Gegenwart macht!"

Dann kuschelte sie sich zu ihrer Schwester und ich musterte die beiden Frauen mit Zufriedenheit.

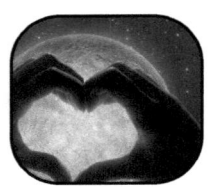

Jasmin

„Sag mal, jetzt wo du sie gebissen hast ..." fragte ich John zögerlich.

„Keine Sorge, es wird nichts passieren", antwortete er schläfrig. „Wir Lykaner wandeln niemanden gegen seinen Willen. Und wenn ihr es doch wollt und ich euch wandele, werdet ihr so wie ich. – Also keine reißenden Bestien."

Meine Schwester sah mich an und ich schüttelte den Kopf. Bildlich konnte ich mir vorstellen, wie wir zu dritt als Wölfe umhertollten und uns paarten. Was war das für eine wilde Fantasie? Beschämt legte ich den Kopf auf seinen starken Arm und genoss diesen friedlichen Moment.

Dafür, dass ich noch vor wenigen Tagen energisch verkündet hatte, niemals mit einem Werwolf zusammen sein zu wollen, lief es mit unserem Lykaner ziemlich gut. Ich musste schmunzeln, als ich an Emilys Hundesprüche in der Küche zurückdachte, denn nun war sie es die „das neue Haustier" hatte.

Immer wieder wunderte ich mich darüber, wie leicht sie sich John gegenüber öffnete.

Was sie mir über unseren Vater verraten hatte, ging mir immer noch nahe. Niemals hätte ich geglaubt, dass er zu so etwas Widerlichem in der Lage gewesen wäre.

Der Gedanke daran, was er womöglich auch mit mir alles getan hätte, wenn John nicht rechtzeitig erschienen wäre, – ließ mich schaudern. John bemerkte es und schloss mich fester in den Arm, dann zog er die Decke über meinen Körper.

Sicher dachte er, ich würde frieren.

Als ob sie meine Gedanken hören konnte, hob Emily den Kopf und sah mich an. Mit den Lippen formte sie „Nie wieder!" und ich nickte. Sie hatte recht: Nie wieder würde jemand ihr ein Leid antun.

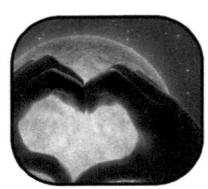

John

Einige Tage später, ich kam gerade von der Jagd zurück, standen neun fremde Menschen vor unserem Haus. Bewusst langsam ging ich an ihnen vorbei und baute mich vor der Tür auf. Meine Witterung verriet mir, dass sie alle Wölfe waren. Hinter meinem Rücken öffnete sich die Tür und ich konnte die zarte Note von Emily wahrnehmen.

„Was wollen sie?", fragte ich und einer der Männer murrte: „Wir suchen Pete!"

Hinter der Tür hörte ich leise Schritte und kurz darauf drang auch Jasmins Geruch zu mir.

„Unser Vater ist tot, bitte lassen sie uns in Ruhe", sagte sie in festem Ton.

„Wie kam es dazu?"

Eine ältere Frau drängte sich nach vorne.

„Ich habe das Schwein erschossen!", fauchte Emily und ich bewunderte meine Gefährtin für ihren Mut.

Die Leute fletschten die Zähne.

„Das werdet ihr büßen!", knurrte die ältere Fragestellerin.

Nun reichte es mir.

„Wenn ihr meine Gefährtin bedroht, bringe ich euch um!", grollte ich und leistete meinem Wolf, der sich durchdrängte, keinen Widerstand. Klauen bildeten sich anstelle meiner Hände. Mir war durchaus bewusst, dass ich gegen das gesamte Rudel keine Chance hatte, doch würde ich die Frauen mit meinem Leben schützen.

„Mach mal halblang, Großer!", meinte einer der Männer zu mir.

Er war gut einen Kopf größer als ich, trug einen Cowboyhut und jeder von den anderen hätte sich hinter seinem breiten Rücken verstecken können.

„Bist du der Alpha?", fragte ich geradeheraus. Er nickte.

„Pete war abgängig. Wir wollten ihn hier einsammeln, doch soweit kam es ja nun nicht. Darf ich erfahren, wieso ihr einen solchen Hass auf ihn hegt, dass er sterben musste?", sprach er nun die beiden hinter mir an.

„Er hat sich jahrelang an mir vergangen und wollte sich nun auch noch über meine Schwester hermachen", zischte Emily wütend.

Der Große zog die Augenbrauen zusammen, sodass sich eine steile Falte auf seiner Stirn bildete.

„Das hätte ich ihm gar nicht zugetraut. Tut mir leid zu hören."

Er wandte sich an die murrenden Leute: „Abmarsch! Kein Wort mehr!"

Sofort verstummten sie und bewegten sich langsam die Einfahrt hinab.

Ehe der Anführer ging, sagte er leise: „Auch wenn ihr es vielleicht nicht glauben werdet: Nicht alle Werwölfe sind solche Bestien. Einige von uns haben sich durchaus noch ihre Menschlichkeit behalten. Mein Beileid für euch."

Dann tippte er sich, uns zunickend, an die Krempe seines Hutes „Die Ladys, der Herr."

Doch noch bevor er die Einfahrt hinabgegangen war, eilte ich ihm hinterher.

„Auf ein Wort, bitte", sagte ich, und berührte ganz kurz seinen Arm. Er wandte mir einen überraschten Blick zu.

„Ja?"

„Darf ich fragen, wie Sie zum Werwolf wurden?"

„Ich ließ mich, freiwillig, von einem Freund beißen."

Ich nickte, da er meine Vermutung bestätigt hatte.

„Sie sind ein Lykaner."

Nun schaute er mich fragend an, weshalb ich ihm offenbarte: „Das erklärt, warum Sie Ihre Menschlichkeit noch haben. Bei Werwölfen geht die nämlich verloren, weil sie gegen ihren Willen dazu gemacht wurden, was sie sind."

„Verstehe - Pete war dann also als einziger im Rudel ein Werwolf", murmelte er, nickte mir zu und ging.

Die breiten Schultern hingen herab und auch seinen Kopf hielt er gesenkt. Das gesamte Rudel schlich davon wie ein Haufen geprügelter Hunde. Ich eilte zu den Schwestern zurück und ging mit ihnen ins Haus. Dort brachte Emily die Beute in die Küche und begann sie zuzubereiten.

Einige Stunden später gab es Hase und Fasan, gekocht in einer feinen Rotweinsoße. Der Fasan war mit Kartoffeln gefüllt. Der Hase ungefüllt, dafür zerging sein Fleisch fast auf der Zunge.

Während ich versuchte meinen Hunger zu zähmen, sah ich den Frauen staunend beim Essen zu. Normalerweise war ich es, dem die Menschen verwundert zusahen, weil ich so viel und schnell aß.

Nachdem Emily sich seufzend zurücklehnte und auch Jasmin mit dem Rest ihrer Portion zu kämpfen hatte, wagte auch ich es mit dem „richtigen" Essen zu beginnen.

Die beiden sahen mir schmunzelnd zu, wie ich beinahe problemlos den gesamten Rest vertilgte. Dann lehnte ich mich, wohlig knurrend, im Stuhl zurück.

Emily stand auf, ging in die Küche und kehrte mit drei Grießpudding zurück, über die heiße Himbeersoße gegossen wurde.

„Himbeeren! Ich liebe diese Früchte!", nuschelte Jasmin selig, während sie einen Löffel nach dem anderen in sich hinein schaufelte.

Nach dem Essen räumte ich den Tisch ab und gab den Frauen so die Gelegenheit über den Besuch nachzudenken und zu sprechen.

„Denkst du, die kommen noch mal?", fragte Jasmin gerade, als ich an ihr vorbei griff, um den schweren Bräter wegzuheben.

„Ich hoffe nicht. Die haben mir doch etwas Angst gemacht", murmelte Emily.

Nachdem der Tisch abgeräumt war, gingen die beiden ins Wohnzimmer, wo sie sich auf das Sofa kuschelten, während der Kamin knisternd eine angenehme Wärme verbreitete.

Ich ließ sie noch einen Moment in Ruhe, denn das schienen sie gerade zu brauchen.

„Ich geh eine Runde joggen. Macht bitte niemandem auf!"

Hinter mir fiel die Tür ins Schloss und ich hörte, wie sich der Schlüssel darin drehte. Ein gleichmäßiger Trab brachte mich in den umliegenden Wald. Dort nutzte ich die gute Sicht meines Wolfes für einen kleinen Hindernislauf.

Gerade wollte ich wieder umkehren, als unweit ein trockener Ast zu Bruch ging und ich leise, schlurfende Schritte vernahm. Die ältere Frau von vorhin war erneut auf dem Weg zum Haus – was hatte sie vor? Lautlos pirschte ich ihr hinterher. An der Einfahrt blieb sie stehen, hockte sich auf den Boden und begann zu weinen.

„Oh, Pete! Du Narr, warum bist du bloß zurückgegangen? Ich hatte dich gewarnt, dass du es besser bleiben lassen solltest! Meine Vorahnungen werden immer wahr, du wusstest das."

Langsam, aber deutlich hörbar, trat ich zu ihr und legte ihr die Hand auf die bebenden Schultern.

„Mein Beileid für Sie. Standen Sie sich sehr nahe?"

Sie sah mich an.

„Er war mein Gefährte."

Sachte schüttelte ich den Kopf: „Das glaube ich nicht, denn dann hätte er seine Tochter nicht vergewaltigen können. Wenn ein Wolf sich einmal verbunden hat, tut sich nichts mehr bei anderen Frauen. Das wissen Sie doch sicher."

Sie riss die Augen auf und schüttelte entsetzt den Kopf.

„Das glaube ich nicht! So was hätte mein Pete niemals getan!"

„Meine Verehrteste, er hat es getan. Ich musste es leider mit meiner eigenen Nase riechen – und er wollte mich töten, als ich seine Töchter vor ihm schützen wollte."

Sie sah mich immer noch entsetzt an und begann wieder zu weinen. Langsam ließ ich mich neben sie sinken und schloss sie in die Arme.

Er hatte ihr etwas vorgespielt. Und nun saß sie da mit gebrochenem Herzen und weinte um einen Mann, der in Wahrheit ein Monster gewesen war.

Noch während wir so dasaßen, kam der Alpha wütend aus dem Wald gestampft.

„Lizzy! Ich habe euch verboten, hierher zu gehen! Kehr sofort zurück, sonst wird dein Ungehorsam Konsequenzen haben!"

Er baute sich vor uns auf, dabei wirkte er noch größer und breiter als am Mittag. Ich erhob mich geschmeidig und stellte mich vor die Frau.

„Sie trauert um den Mann, der ihr vorgespielt hatte, ihr Gefährte zu sein. Auch wenn seine Gefühle nicht echt waren, denke ich, dass es ihre sehr wohl sind. Darum bitte ich Sie: Geben Sie ihr etwas Zeit. Sie wird sicher bald zurückkehren."

Seine Augen funkelten mich wütend an.

„Forderst du mich heraus? In meinem Rudel bestimme ich allein, wer was zu tun oder zu lassen hat!"

„Wenn Sie der Frau keine Möglichkeit geben, zu trauern, dann stelle ich mich Ihnen entgegen."

Meine Stimme klang leise und beherrscht, doch im Inneren war mein Wolf sehr aufgebracht. Einerseits weil er, ebenso wie ich, der Meinung war, dass die Frau das Recht hatte, um ihren Partner zu trauern, andererseits, weil ihr Alpha mir direkt in die Augen starrte.

Er forderte mich bereits heraus und ich wusste nicht, wie lange er schon ein Wolf war. Doch davon waren bestimmte Auswirkungen auf den Ausgang des Kampfes abhängig. Ein Grollen drang aus meiner Kehle und er runzelte die Stirn.

„Du knurrst mich an? Wie kannst du es wagen? Ich bin der Alpha!"

„Aber nicht mein Alpha, denn ich gehöre nicht zu deinem Rudel. Also hast du mir, in meinem Territorium, nichts zu befehlen. Schaff dich fort, bevor ich mich vergesse!"

Nur noch mühsam konnte mich beherrschen.

Er knurrte und fletschte die Zähne, dann stieß er mich zur Seite und packte die Frau am Arm, um sie hochzuziehen.

Sie duckte sich instinktiv und legte den Kopf schräg, wobei sie ihm ihre Kehle offenbarte,– ein Zeichen der Unterwürfigkeit, das er in seiner Wut nicht wahrnahm.

„Sie bleibt, wo sie ist! In diesem Moment ist sie mein Gast und *du* hast kein Recht, sie mitzunehmen!"

Immer mehr kochte die Wut in mir hoch. Bereits konnte ich das erste Stechen im Kiefer spüren, dass einer Verwandlung vorausging. Er sah mich an und ließ die Frau los.

„Wenn du unbedingt den Kampf suchst, will ich dir deinen Wunsch erfüllen."

Brüllend sprang er auf mich zu. Noch im Sprung verwandelte er sich in einen Wolf.

Mühsam wich ich ihm aus. Meine Verwandlung ging nur langsam vonstatten, doch dafür war es wieder diese noch ungewohnte neue Kampfgestalt, die ich annahm.

Während er mich entsetzt ansah, wuchs mein Körper und das Fell spross. Die Fänge fletschend, legte ich die Ohren an.

Plötzlich wirkte er klein und verängstigt. Die Rute wurde eingeklemmt und er machte einen runden Rücken, die Ohren waren im dichten Nackenfell verschwunden, soweit hatte er sie angelegt.

Ein Winseln drängte an mein Gehör und schon war mein Wolf versöhnlicher gestimmt. Als der Andere sich auf den Rücken legte und uns seinen Bauch darbot, ging ich auf ihn zu und sah ihm solange unverwandt in die Augen, bis er den Blickkontakt nicht mehr halten konnte.

Nach allen Wolfsregeln hatte ich nun gewonnen, doch wie stand es um ihn als Menschen? Würde auch er meine Überlegenheit anerkennen?

Meine Rückwandlung ging wesentlich schneller und ich forderte den Alpha auf, es mir gleichzutun. Vor mir kauerte nun wieder der riesenhafte Mann im Dreck –und wirkte so verletzlich und klein.

„Ich habe kein Interesse daran, dein Rudel zu übernehmen. Doch in meinem Territorium gilt mein Gesetz. Nimmst du das als gegeben, dürft ihr gern in meinem Wald verweilen, bis ihr weiterziehen wollt. Forderst du mich jedoch noch einmal heraus, werde ich keine Gnade mehr zeigen!"

Ich hielt ihm die Hand hin, die er dankbar ergriff und sich von mir auf die Füße ziehen ließ. Nun überragte er mich wieder um fast einen Kopf, doch gab er sich nicht mehr ganz so imposant. Die Frau hinter mir hatte aufgehört zu wimmern und sah mich mit großen Augen an.

Die Haustür wurde aufgerissen und meine Gefährtin, samt ihrer Schwester kamen mit Flinten bewaffnet heraus.

„Lasst ihn in Ruhe, sonst knallt's!", rief Emily und nahm die Frau ins Visier. Schnell stellte ich mich in die Schussbahn.

Verwirrt sah sie mich an. Ich schüttelte den Kopf und beide ließen die Waffen sinken.

„Wieso hören beide auf dich? Sie sind doch nicht wie wir?"

„Weil sie mittlerweile wissen, dass sie mir vertrauen können", sagte ich leise.

Er begann zu schnüffeln.

„Die eine trägt deinen Geruch? Das geht nur, wenn sie deine Gefährtin ist. Aber wieso schützt du auch die andere?"

Ein Seufzen entwich mir.

„Die Damen sind in gewisser Weise beide mit mir verbunden. Ich lasse nicht zu, dass ihnen etwas passiert."

Er sah zwischen uns hin und her und wirkte immer verwirrter.

„Kommt mit rein, dann reden wir in Ruhe. Hier draußen wird es langsam frisch, so ganz ohne Kleidung."

Ich wies auf das Haus und die beiden kamen zögernd mit mir. Die Frauen ließen uns hinein und Emily machte sich daran, einen Tee zu kochen.

„Wie können beide mit dir verbunden sein?", fragte die ältere Frau neugierig.

Jasmin errötete und musste sich plötzlich scheinbar ganz dringend um den Kamin kümmern. Mit gesenktem Kopf werkelte sie an der Feuerstelle.

Als die Funken stoben und es fast unerträglich heiß wurde, zog ich sie sachte vom Feuer weg.

„Liebes - es ist warm genug, danke dir."

Dann drückte ich ihr einen Kuss auf den Scheitel und hielt sie im Arm. Emily brachte uns den Tee und stellte sich an meine andere Seite. Auch sie bekam einen zärtlichen Kuss jedoch auf den Mund und kuschelte sich dann in meine Umarmung.

„Du Glücklicher", murmelte der Alpha.

Doch mir entging auch der neidische Unterton nicht.

„Glaube mir, mit zwei Frauen ist es echt nicht einfach. Wendet man sich der einen zu, will die andere sofort auch Aufmerksamkeit. Die beiden machen mich echt fertig."

Die Alte schmunzelte und sagte leise: „Hach ja, die jungen Leute. Wie gern wäre ich auch noch einmal so jung."

Sie errötete und ich ahnte, dass sie heute wohl nur noch ein Schatten ihrer jungen Variante war.

„Doch wie ist das geschehen, dass sie beide zu deinen Gefährtinnen wurden? Man kann sich nur mit einer Person verbinden", stellte die Alte fest.

Emily und Jasmin sahen verlegen auf ihre Schuhe.

„Mein Wolf und ich hatten eine Meinungsverschiedenheit, welche der Schwestern unsere Gefährtin werden sollte. Nach einer Weile überließ er mir die Wahl, solange ich mich für eine von ihnen entscheiden würde – da sie als Zwillinge das gleiche Blut teilen. Nachdem ich das mit den Frauen geklärt hatte, einigten diese sich darauf, dass Emily sich mit mir verbinden sollte. Das tat sie, aber nur unter der Bedingung, dass ihre Schwester ebenfalls unter meinem Schutz stehen würde. Gerne willigte ich ein und seitdem gehören wir drei zusammen."

Die alte Frau und ihr Alpha machten große Augen.

Meinen Ladys war das unangenehm und sie sahen mich flehentlich an. Mit einem Nicken entließ ich sie.

„Wenn sie deinen Samen trägt und dich, als ihren Gefährten angenommen hat, dann wird er sicher bald Früchte tragen", murmelte die Alte und mir wurde warm ums Herz: Meine Gefährtin würde mir Kinder schenken.

Doch dann wurde es mir heiß und kalt.

„Aber… sie kann nicht empfangen."

Die Alte hatte die Augen geschlossen und schüttelte den Kopf: „Sie konnte es nicht, bis sie dich zu ihrem Gefährten nahm. Doch nun trägt sie deine Saat in sich und diese gedeiht prächtig."

Sie öffnete die Augen und sah mich unverhohlen an.

„Die Kinder werden sein wie du. Erspare deinen Frauen Leid und wandle sie."

Entsetzt schüttelte ich den Kopf.

„Niemals werde ich sie gegen ihren Willen wandeln und so zu reißenden Bestien machen!", rief ich aus.

Doch die Alte schüttelte den Kopf.

„Nicht gegen ihren Willen! Wenn du sie fragst, werden sie dir folgen. Du bist bereits ihr Alpha."

Sie hielt ihrem Anführer die Hand hin. Der half ihr aufzustehen, sie nickten mir zu und verabschiedeten sich.

„Danke für deine Gastfreundschaft", murmelte der Mann, dann fiel die Tür ins Schloss und ich war allein mit meinen durcheinanderwirbelnden Gedanken.

Ich würde Vater werden? Ich würde Vater werden!

„Emily, Jasmin, bitte kommt zu mir!", rief ich, doch da traten sie bereits an das Sofa heran.

Sie mussten gelauscht haben. Beide sahen mich bestürzt an.

„Ist es wahr? Werde ich Vater?" fragte ich sie, einerseits hoffnungsvoll.

Doch andererseits wollte ich ihr die Bürde nicht auferlegen, dass unsere Kinder ebenfalls Lykaner sein würden. Als ich meine Gefährtin ansah, senkte sie den Blick.

Das konnte nicht sein, wir waren doch erst seit Kurzem zusammen!

„Ist es wahr?"

Fast schrie ich schon, so aufgebracht war ich nun.

Als sie mir nicht antworteten, ließ ich zu, dass sich mein Wolf zeigte. Ich schnüffelte und spitzte die feinen Ohren.

Emilys Geruch hatte sich verändert und ich konnte ein schnelles Klopfen vernehmen, dass so viel heller klang als die wild pochenden Herzen der Frauen. Die beiden wichen zuerst vor mir zurück, doch dann überwand sich Emily und kam auf mich zu. Sie schlang ihre Arme um mich.

„Ja, es ist wahr, ich trage dein Kind in mir. Ich kann es irgendwie spüren,–obwohl das eigentlich doch gar nicht sein dürfte."

Sie sah mich glücklich an und strahlte eine Wärme aus, die mich besänftigte.

„Seit wann weißt du es, Liebes?"

Sie zuckte mit den Schultern.

„Ich hatte es gehofft, aber sicher war ich erst heute, als ich das Fleisch am liebsten roh verschlungen hätte. Eigentlich mag ich Fleisch nämlich gar nicht so besonders."

Sie schmunzelte. Ich gab ihr einen zärtlichen Kuss auf den Mund und schob sie sanft zum Sofa. Jasmin sah indessen ein wenig verloren aus.

Mit einem großen Schritt war ich bei ihr und schloss sie in die Arme. Ihr gab ich einen Kuss auf den Scheitel und schob sie sanft zu ihrer Schwester.

„Ist es wahr, was die Alte gesagt hat? Die Kinder werden wie du?" flüsterte Jasmin nun und war blass.

„Sehr wahrscheinlich, ja. Aber das ist nicht unbedingt etwas Schlechtes. Denkt bitte daran: Die Lykaner sind die Guten. Außerdem kommt es auch auf die Erziehung an."

Sie nickten.

„Wieso meinte sie, du sollst uns wandeln?", fragte Emily.

„Damit ihr besser verstehen könnt, was in unseren Kindern vorgeht. Denn nur ein Wolf kann einen Wolf wirklich verstehen."

„Aber du wurdest doch auch von Menschen großgezogen!", rief Jasmin nun aufgebracht.

Am liebsten hätte ich geweint, doch ich gestand mir diese Schwäche nicht vor ihnen ein.

„Ja und nein. Sie erzogen mich, wie man seinen Menschensohn erziehen würde, doch in den Vollmondnächten wurde ich in einen Käfig gesperrt. Sie hatten Angst vor mir, trotz all der Liebe, die sie mir im restlichen Monat entgegenbrachten."

Ihre Augen weiteten sich ungläubig.

„Das haben sie nicht. Bitte sag, dass das nicht wahr ist!"

Doch ein Kopfschütteln war die einzige Antwort, die ich ihr darauf geben konnte. Ja, ich liebte meine Eltern und sie mich, doch Mutter hatte furchtbare Angst vor meinem Wolf gehabt.

Für meinen Vater war ich in diesen Nächten eher ein interessantes Studienobjekt, aber das war sein Geheimnis und ich würde es mit ins Grab nehmen.

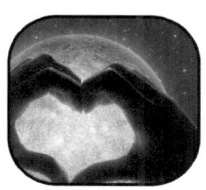

Emily

Wie er so dastand mit gesenktem Blick, tat mir mein Gefährte schrecklich leid. Doch als ich aufstehen und auf ihn zugehen wollte, schüttelte er den Kopf und winkte ab.

„Alles nur halb so schlimm. Sie hatten halt Angst, wer kann es ihnen verübeln? Nun wollen wir überlegen, wie es weitergehen soll."

Er setzte sich vor uns auf den Boden und sah mich an.

„Liebes, würdest du das überhaupt wollen?"

Hin und her gerissen saß ich ihm gegenüber und konnte ihm keine richtige Antwort geben.

„Ich weiß es ehrlich gesagt nicht. Es ist ja nicht so, wie sich die Haare zu schneiden, die wachsen schließlich nach. Aber wenn du mich wandelst, bleibe ich für immer verändert."

Er nickte ernst. Oh Gott, jetzt war er sicher enttäuscht und dachte, ich hätte etwas gegen seinen Wolf!

Doch als ich mich entschuldigen wollte, hob er die Hand und bedeutete mir still zu sein.

„Entschuldige dich jetzt nicht, Liebes. Es ist alles in Ordnung. Lass dir alle Zeit, die du brauchst.

Denke in Ruhe darüber nach, bevor du dich entscheidest. Wenn du magst, besprecht euch beide auch untereinander."

Dann erhob er sich, gab mir einen sanften Kuss und ließ uns allein.

Draußen hörte ich die Haustür klappern und wusste, er würde sich Luft machen.

Heulend sackte ich zusammen und Jasmin schlang ihre Arme um mich. Dabei summte sie eine beruhigende Melodie und wiegte mich sachte.

Wie sehr ich sie dafür in diesem Moment liebte, konnte ich nicht in Worte fassen.

Nach einer Weile ertönte draußen das lang gezogene Heulen von Johns Wolf.

John

Ich zog noch im Flur meine Kleidung aus und trat nackt vors Haus. Als die Tür hinter mir zufiel, rannte ich bereits auf flinken Pfoten in den Wald. Langsam strich ich im dichten Unterholz entlang und dachte über Emilys Reaktion nach.

Was hatte ich denn erwartet?

Es war doch abzusehen, dass sie nicht gerade Freudensprünge machen würde! Je mehr ich darüber nachdachte, desto tiefer sank mein Kopf.

Nun erst wurde mir klar, wie sehr ich mir erhofft hatte, sie würde sich wandeln lassen, sodass ich nicht mehr der einzige Wolf im Haus wäre. Doch würde ich, wenn auch schweren Herzens, zu meinem Wort stehen und ihr die freie Entscheidung lassen.

Ich war noch nicht lange weg, da befiel mich eine Unruhe, die mich zurück nach Hause trieb.

Mein Nackenfell juckte in Vorahnung einer unangenehmen Situation. Hoffentlich war bei den Frauen alles in Ordnung.

Mit weit ausgreifenden Sätzen rannte ich zurück. Die Haustür stand offen!

Ich befürchtete bereits das Schlimmste, da trat Jasmin heraus und setzte sich auf die Eingangsstufe. Neben sich legte sie meine Jogginghose ab.

Ohne zu zögern, wandelte ich mich zurück, zog das Stoffteil an und setzte mich neben sie.

„Muss sie wirklich gewandelt werden? Du bist doch selbst Wolf und verstehst, wie eure Kinder ticken?", fragte sie unsicher.

„Wenn du willst, wandele ich dich auch. Dann sind wir alle Wölfe und können uns zusammen um den Nachwuchs kümmern?"

Sie sollte auf keinen Fall das Gefühl bekommen, ausgeschlossen zu werden.

Ihr Kopfschütteln verwirrte mich nun. Was wollte sie stattdessen?

„Warum können meine Schwester und ich nicht ganz normale Menschen bleiben und du … na ja, halt du?", maulte sie.

Daher wehte also der Wind.

„Das wäre für mich auch in Ordnung, solange es euch und dem Nachwuchs gut geht", antwortete ich ihr und tief in meinem Inneren wusste ich, dass es wirklich so war.

Selbstverständlich würde ich mich freuen, wenn meine Gefährtin mein Leben komplett mit mir teilen wollte, doch wenn nicht, würde ich auch dies akzeptieren. Jasmin nickte und ließ mich allein sitzen. Hinter mir klappte die Tür ins Schloss und ich wusste instinktiv, dass Emily mitgehört hatte.

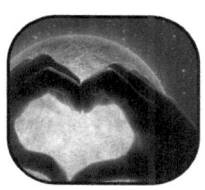

Emily

Jasmin kam herein und ließ die Haustür hinter sich zuklappen.

Als unsere Blicke sich trafen, erkannte ich für einen winzigen Moment Angst in ihren Augen, doch dann war der Augenblick verflogen und vor mir stand wieder meine gewohnt toughe Schwester.

„Hast du alles verstanden? Hast du auch alles erfahren, was du wissen wolltest?"

Ich nickte.

„Was willst du nun tun, Emily?"

Dass sie mich extra mit meinem Namen ansprach, war selten, denn sie tat das immer nur dann, wenn sie glaubte, dass wir als Kollektiv eine Lösung finden mussten.

Sie gab sich kalt und stark, doch war auch sie nur eine verängstigte junge Frau, genauso wie ich.

Wie oft ich sie nachts weinen gehört hatte, als sie dachte, ich würde schon schlafen, würde sie nie erfahren.

Wie oft hatte sie sich nachts aus dem Bett geschlichen, nur um manchmal stundenlang in der Küche am Fenster zu stehen, sich den Bauch zu halten und mit starrem Blick auf jene Stelle zu sehen, wo damals die Werwölfe ihren Verlobten zerfleischt hatten.

Ich kannte die ‚echte' Jasmin. Doch die würde wohl, außer mir, niemals wieder irgendjemand zu sehen bekommen.

„Erst einmal werde ich kochen, damit wir essen können. Mit leerem Magen denkt es sich so schlecht", antwortete ich ihr und betrat kurzerhand die Küche.

Seufzend ging meine Schwester ins Wohnzimmer, wo ich das Sofa knarzen hörte. Sie würde nun an die Decke starren und dann irgendwann einschlafen.

Das passierte ihr jedes Mal, wenn sie auf dem Sofa lag, um nachzudenken.

Während ich das Gemüse wusch und das Fleisch schnitt, schmunzelte ich in mich hinein. Seit ich Johns Kind in mir trug, hatte ich ständig Hunger.

Morgen war mein erster Kontrolltermin beim Frauenarzt. Dann würde ich erfahren, wie es meinem Kind ging und wann es auf die Welt kommen würde.

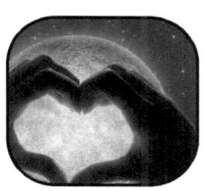

John

Drinnen hörte ich die beiden sprechen. Dann ging Emily in die Küche und bereitete, vor sich hin summend, Essen zu.

Ein Lächeln breitete sich in meinem Gesicht aus: Wie schnell war aus der zurückgezogenen und ängstlichen Emily eine lebensfrohe Frau geworden!

Sie war glücklich und mehr als das wollte ich gar nicht.

Langsam stand ich auf und ging ins Haus, sah bei meiner Liebsten vorbei, hauchte ihr einen Kuss auf den Scheitel und verzog mich dann aus der Küche. Wenn Emily kochte, wollte sie ihre Ruhe. So mancher Topf wurde mir schon nachgeworfen, bis ich das endlich verstanden hatte.

Einmal hatte ich sie so aufgeregt, dass sie mir sogar das Küchenmesser nachgeworfen hatte.

Mit Schaudern dachte ich daran zurück, dass es nur knapp neben meinem Kopf im Türrahmen stecken geblieben war. Wenn sie gewollt hätte, hätte sie mich sicherlich damit treffen können.

Mit großen Schritten lief ich nach oben, um zu duschen. Als ich fertig war, trocknete ich mich ab und ging, da das Sofa schon besetzt war, ins Schlafzimmer - wo ich mich aufs Bett legte.

Entspannt schloss ich die Augen und lauschte auf die Geräusche unten im Haus. Jasmin schnarchte leise und Emily werkelte fleißig.

Die Arme hinter dem Kopf verschränkt, dachte ich darüber nach, wie unsere Zukunft wohl aussehen würde. Ein Kind würde lachend im Haus umherflitzen oder draußen in der Einfahrt spielen.

Wenn es sich wandelte, würde ich ihm alles beibringen, was es als Wolf wissen musste.

Ein wohliges Gefühl breitete sich in mir aus – war es Vaterliebe?

Wie lange ich so in meine Gedanken versunken dagelegen hatte, wusste ich nicht, doch plötzlich stand Jasmin im Zimmer und rief mich zum Essen.

Es gab verschiedene Sorten Fleisch, das in kleinen Brocken angebraten war, dazu mir unbekanntes Gemüse und durchsichtige Nudeln. Das Ganze war, mit Ei überbacken, in einem schüsselähnlichen Ding angerichtet.

„Das nennt sich Wok", sagte Emily lachend, als sie bemerkte, wie befremdet ich das Kochutensil betrachtete.

Was auch immer sie da gezaubert hatte, es war köstlich. Nach dem Essen räumte Jasmin den Tisch ab und Emily zog mich auf das Sofa. Kurz darauf kuschelte sich auch Jasmin zu uns und wir sahen noch einen Film, bis wir alle eingeschlafen waren.

Mitten in der Nacht wurde ich wach und trug die schlafenden Frauen sachte und nacheinander in ihr Bett.

Nun hatte ich wieder Platz und konnte ebenfalls weiterschlafen.

Oben war zwar noch das kleine Zimmer des Vaters frei, doch das wollten wir für den Nachwuchs herrichten.

Morgen, wenn Emily beim Frauenarzt war, würde ich damit anfangen. Oder sollte ich mit ihr mitgehen?

Unentschlossen schlief ich wieder ein.

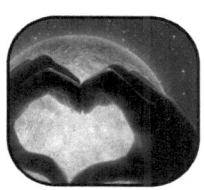

Emily

Sanfte Sonnenstrahlen weckten mich in der Frühe. Heute war der große Tag!

Kaum hatte ich das gedacht, breitete sich Unsicherheit in mir aus. Was, wenn mit dem Kind etwas nicht stimmte? Was wenn ich es verlieren würde? Was wenn es mehr als eines war?

Fragen über Fragen, die meine Ängste schürten.

Plötzlich überfiel mich eine starke Übelkeit. Den ersten Schub konnte ich gerade noch aufhalten und rannte mit aufgeplusterten Backen ins Badezimmer, wo ich über der Toilette zusammenbrach und mir die Seele aus dem Leib würgte.

John war hinter mir aufgetaucht und rieb mir den Rücken. Wo zur Hölle kam der jetzt her?

„Hau ab!"

„Bist du dir sicher, Liebes?", besaß er auch noch die Nerven zu fragen.

„Ja, verdammt noch mal!"

„Ganz wie du willst", sagte er und verließ das Bad.

So sehr ich ihn liebte: Dass er mich so sah, wollte ich nicht. Auch Jasmin schickte ich wieder weg.

Einige Zeit später, nachdem mein Magen nicht einmal mehr bittere Flüssigkeit hergab, wusch ich mir kurz mit kaltem Wasser das Gesicht und putzte die Zähne. Mit einigen routinierten Handgriffen war auch der gewohnte Pferdeschwanz wieder an seinem Platz.

Nun fühlte ich mich halbwegs herzeigbar und flitzte ins Zimmer, um mich anzuziehen.

Mit Jeans, Bluse und Turnschuhen bekleidet ging ich nach unten.

In meine alte Handtasche warf ich auf die Schnelle alles Wichtige und zog sie mir über die Schulter. Sowohl den heißen Tee von Jasmin als auch das mit Käse belegte Brötchen, das John mir anbot, lehnte ich ab.

„Ich bin dann mal weg zu meinem Termin. Stellt mir ja nichts an!", sagte ich, und ehe einer der beiden reagieren konnte, war ich aus dem Haus geschlüpft und auf dem Weg in die Garage. Instinktiv griff ich in meine Hosentasche, um nach dem Autoschlüssel zu tasten, von dem ich nun merkte, dass dieser nicht da war. „Ach, scheiße", hörte ich mich sagen, selbst überrascht, dass ich es laut ausgesprochen hatte. Einen Augenblick später durchwühlte ich die Handtasche und verfluchte zeitgleich mein tragbares Mini-Universum. Als auch nach einer gefühlten Ewigkeit das verflixte Ding nicht aufzufinden war, stand ich am Wagen und kämpfte gegen die aufsteigenden Tränen an.

„Hast du nicht etwas Wichtiges vergessen?" tönte eine vertraute Stimme hinter mir.

Meine Schwester lehnte an der Wand und hielt mir das Objekt meiner Begierde entgegen. Die Verzweiflung in mir wich und machte Platz für Wut. Ich riss ihr den Schlüssel aus der Hand, sperrte das Auto auf und stieg energisch ein.

„Ich meinte eigentlich etwas anderes *Wichtiges*." sagte Jasmin leicht genervt, doch ich reagierte darauf, indem ich die Autotür hinter mir zuschlug. Bevor ich mit zittrigen Fingern den Wagen anlassen konnte, öffnete Jasmin die Tür auf meiner Seite.

„Das ist nicht dein Ernst!", rief sie.

„Da drinnen läuft John Furchen in den Boden, weil er denkt, er hat etwas falsch gemacht. Du hast ihm nicht mal angeboten mitzufahren! Dabei ist es schließlich auch sein Kind!"

Ich konnte nicht verstehen, weshalb sie so aufgebracht war.

„Genau, es ist auch sein Kind, aber warum bist *Du* so wütend?", fauchte ich sie an.

Mit verengten Augen sah sie auf mich herab und fauchte zurück: „Weil ich gerade sein Getrappel und Gejammer, dass er dir doch bestimmt irgendwie auf die Füße getreten sei, ertragen musste!"

„Ich will ihn heute noch nicht dabeihaben! Erst muss ich selbst wissen, dass alles in Ordnung ist!", schrie ich sie an.

Tränen schwammen in meinen Augen. Wo kamen die denn jetzt schon wieder her? Verfluchte Hormone!

Jasmin zog mich kurzerhand am Handgelenk aus dem Wagen und direkt in ihre Arme. Ohne Worte hielt sie mich fest umschlungen, bis ich mich wieder beruhigt hatte.

„Dann lass wenigstens mich mitkommen und fahren."

Schon war sie eingestiegen, angeschnallt und startete das Auto. Schnell setzte mich auf den Beifahrersitz.

„Ladys und Gentlemen, bitte legen sie ihre Gurte an, wir befinden uns im Startflug!", sagte sie mit nasaler Stimme und wir mussten beide lachen.

In solchen Momenten war ich froh, meine Schwester zu haben. Kaum hatte ich den Gurt geschlossen, fuhr sie auch schon los.

John

Jasmin war meiner Gefährtin nachgelaufen, um sie zur Rede zu stellen. Die aufgebrachten Stimmen der Frauen drangen durch die Wände der Garage. Doch dann wurde es still, die Türen schlugen zu und der Wagen fuhr fort. Zurück blieb ich allein in der Stille des Hauses.

Etwas befremdlich fand ich schon, wie Emily sich verhielt, doch sie würde mir sicher von allein sagen, was los war - hoffte ich. Nun, da ich das Haus für mich allein hatte, fügte ich mich der Situation. So konnte ich zumindest die Zeit nutzen und mein Vorhaben in die Tat umsetzen. Also trank ich meinen Kaffee leer und ging dann in das renovierungsbedürftige Zimmer des toten Vaters hinauf.

Leider wusste ich nicht, ob es ein Junge oder Mädchen werden würde, daher wollte ich den Raum in neutralem Weiß streichen und mit bunten Akzenten versehen. Für die Decke stellte ich mir einen nächtlichen Sternenhimmel vor.

Die alten Möbel hatte ich schon vor Tagen herausgeschafft, den Boden mit Folie abgedeckt und diese festgeklebt, während Emily mit Jasmin zum Einkaufen unterwegs gewesen war. Nun klebte ich auch die Lichtschalter, Steckdosen und Türrahmen mit Kreppband ab. Zum Schluss wickelte ich ein Stück von dem Klebeband um die Kabel der Decken- und Wandleuchten.

Gerne hätte ich jetzt eine Pause gemacht, doch wollte ich wenigstens die weiße Grundfarbe schon an den Wänden haben, bevor meine Gefährtin zurückkam.

Vor meinem geistigen Auge sah ich bereits ihr freudiges Strahlen, wenn sie das fertige Zimmer sehen würde.

Mit dieser Motivation machte ich mich daran zu streichen.

Einige Zeit später war ich übersät mit weißen Sprenkeln und Flecken, dafür hatte ich die Farbe an den Wänden.

Mein Blick fiel an die noch ungestrichene Decke. Mist! Die hätte ich doch als Allererstes streichen müssen.

Schulterzuckend schnappte ich mir einen Pinsel und den Eimer mit der dunkelblauen Farbe. Eine kleine Trittleiter brachte mich in die gewünschte Höhe und vorsichtig strich ich die Decke an.

Plötzlich ging unten die Haustür und ich fiel vor Schreck fast von dem Tritt. Jasmin steckte den Kopf ins Zimmer, sah mich und musste grinsen.

„Drei Minuten, dann ist sie auch hier. Sie wollte noch einmal durchatmen, ehe sie dir das Ergebnis ihres Frauenarzttermins sagt."

„Danke!"

Schon ließ sie mich allein und ich betrachtete ein letztes Mal mein Werk. Der Anfang war gelungen und bald würde ich weitermachen.

Mit schnellen Handgriffen verschloss ich die Farbdosen, legte die Utensilien in Reiniger ein, ging zur Tür hinaus und ins Badezimmer, wo ich mir schnell die Farbe abwusch.

Als Emily das Haus betrat, wartete ich bereits auf sie. Schon lag sie schluchzend in meinen Armen.

„Pssst. Liebes, was ist denn los? So schlimm wird es schon nicht sein, dass wir das nicht schaffen könnten!"

Unbewusst hatte ich anscheinend nicht die richtigen Worte gewählt, denn nun weinte sie laut und hemmungslos.

Sachte schob ich sie zum Sofa, legte ihr eine Kuscheldecke und meinen Arm um die Schulter und setzte mich neben sie. Jasmin brachte ihr einen Tee. Emily sah stur in ihre Tasse.

„Was hat der Arzt denn gesagt, Liebes?"

Schon schwammen erneute Tränen in ihren Augen und ihre Lippen zitterten.

„Du musst es ihm irgendwann sagen, spätestens bei der Geburt kommt es raus, Süße!", sagte Jasmin liebevoll zu ihrer Schwester und nun war ich gänzlich verwirrt. Was konnte denn so schlimm sein?

„Ist mit dir und dem Kind etwa nicht alles in Ordnung?"

Emily heulte laut auf, stellte die Tasse mit so viel Schwung auf dem Wohnzimmertisch ab, dass sie überschwappte, und rannte aus dem Raum. Die Treppe polterte unter ihren schnellen Schritten. Oben knallte die Schlafzimmertür, nur um kurz darauf wieder aufgerissen zu werden und dann schlug ebenso geräuschvoll die Badezimmertür zu.

„Was mache ich heute bloß schon den ganzen Tag falsch?" fragte ich Jasmin, die nur mit den Schultern zuckte.

„So kenn' ich sie auch nicht."

Doch als ich, von Schuldgefühlen geplagt, meiner Gefährtin nachgehen wollte, hielt Jasmin mich am Arm zurück.

„Ich glaube, im Moment ist es besser, du lässt sie erst mal in Ruhe."

Auch wenn es mir schwerfiel, nickte ich und setzte mich wieder hin. Seufzend legte ich den Kopf in die Hände.

Dann ging Jasmin an meiner Stelle ihrer Schwester nach und ich konnte hören, warum es besser gewesen war, dass ich nicht selbst gegangen war. Schon kurz darauf stürmte sie die Treppe wieder herunter, gefolgt von allerlei Gegenständen, die ihr hinterher flogen.

„Ich geh dann mal rennen!", rief ich nach oben und machte, dass ich Land gewann. Erst als der weiche Waldboden unter meinen Pfoten zu spüren war und ich mich zwischen den Bäumen hinsetzen konnte, fand ich die Ruhe, um nachzudenken.

Mit einem lang gezogenen Heulen rief ich meine Verzweiflung in die Welt hinaus.

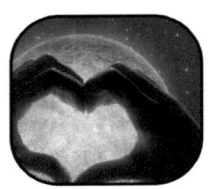

Emily

Schluchzend und würgend hing ich über der Toilette. Langsam ging mir diese Kotzerei tierisch auf die Nerven. Beinahe genauso schlimm fand ich diese ständigen Gefühlsschwankungen. Nein, ich brachte es noch nicht übers Herz, ihm zu sagen, dass wir Zwillinge bekommen würden.

Das Schlimmste aber war, dass die Chancen, beide Kinder gesund zur Welt zu bringen, gering waren. Dieses Übel verdankte ich noch meinem Vater. Hätte er mich damals nicht krankenhausreif geprügelt, wodurch ich sein Kind verlor, wären heute die Chancen für die Kinder meines Gefährten besser.

Ein leises Klopfen an der Tür störte meine Gedanken und schon streckte meine nervige Schwester den Kopf herein.

„Bei dir alles in Ordnung?"

Ich hätte sie dafür am liebsten erwürgt.

„Ich bin schwanger, nicht unheilbar krank, verdammt noch mal!", fauchte ich ihr entgegen und sie sah mich an, als wäre ich durchgeknallt. Nun war ich plötzlich wütend auf sie, auf mich und auf John. Vor allem aber auf John, – wenn er mich nicht geschwängert hätte, ginge es mir nicht so dreckig.

Als Jasmin immer noch nicht verschwand, begann ich das Nächstbeste, was ich greifen konnte, nach ihr zu werfen. Ich ging ihr bis zur Tür nach und warf immer weiter, alles, was ich in die Finger bekam, bis sie unten ins Wohnzimmer gehechtet war.

Gerade als ich erleichtert die Tür schließen wollte, verkündete John von unten, er wolle rennen gehen. Schon erschlug mich wieder eine Welle tiefer Traurigkeit.

Neben der Toilette kauernd weinte ich leise vor mich hin. Wie sollte ich John das alles bloß erklären?

Er würde garantiert sagen „Alles wird gut" und auch fest daran glauben. Wenn dann aber etwas schiefging, würde er gewiss ausrasten und mir die Schuld geben, oder er würde mich mit seinem überfürsorglichem Verhalten schier in den Wahnsinn treiben. Plötzlich war ich mir sicher, er würde mich regelrecht in Watte packen, damit mir und seinen Kindern nichts passieren konnte.

Ein neuer Würgereiz kam und ich verdrehte die Augen. Na toll, das konnte ja noch heiter werden! Noch mindestens sechs Monate musste ich das aushalten. Wenigstens konnte der Arzt mich so weit beruhigen, dass mich diese Übelkeit nur noch für wenige Wochen quälen würde und das meist nur morgens oder bei starkem emotionalem Druck.

Draußen ließ Johns Wolf einen gequälten Ruf ertönen.

Mein Gefährte litt unglaublich, weil er dachte, er hätte etwas falsch gemacht.

So ungern ich es zugab, Jasmin hatte Recht. Ich musste mit John rüber alles sprechen.

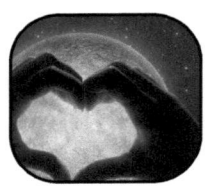

John

Schnüffelnd schlich ich durch den Wald. Der Geruch der Wildtiere und Pflanzen schwängerte die Luft mit bunten Farben.

Wieso verhielt sich Emily mir gegenüber so seltsam? Was ich wohl falsch gemacht hatte? Lag ihr Wechselbad der Gefühle vielleicht auch nur an der Schwangerschaft, mit der sie überfordert war? Mit einem Geräusch, das dem menschlichen Seufzen ähnlich war, setzte ich mich hin. Die Geräuschkulisse der Natur beruhigte und entspannte mich langsam wieder.

Fast wie zu Hause in Québec. Die kleine Insel, auf der ich aufgewachsen war, lag idyllisch im Gulf of Saint Lawrence zwischen Kanada und den USA.

Das Eiland war zum Provinzpark erklärt worden und mit seinen knapp dreihundert Einwohnern relativ uninteressant für den Rest der Welt. So konnte man es sich dort auch leisten, die Dinge ruhiger anzugehen.

Meine kleine Heimat fehlte mir und ich fragte mich, ob ich jemals dorthin zurückkehren würde.

Mit einem Kopfschütteln stand ich auf und trottete zurück zum Haus. Was auch immer die Zukunft bringen würde, mein Platz war an der Seite meiner Gefährtin.

Ob sie mich heiraten würde, wenn ich den Mut aufbrächte, sie darum zu bitten? Mit jedem Schritt fiel es mir schwerer weiterzugehen. Was, wenn sie mich nicht mehr wollte? Was, wenn sie „Nein" sagen würde?

Verdammt! So unsicher war ich zuletzt als Teenager gewesen, nachdem mir richtig bewusst geworden war, dass ich kein normaler Mensch bin.

Auf der Einfahrt blieb ich noch einmal stehen.

Das Haus wirkte fremd und bedrohlich auf mich. Ein letztes Mal atmete ich tief durch, wandelte mich zurück und betrat das Zuhause meiner Gefährtin.

Drinnen war es still. Zu still. Beunruhigt lief ich in die Küche, öffnete die Kellertür und horchte hinab. Stille. Auch im Wohnzimmer war niemand. Mit schnellen Schritten ging ich die Treppe hinauf. Das Schlafzimmer war ebenfalls leer. Blieben nur noch das Bad und das zukünftige Kinderzimmer.

Vorsichtig öffnete ich die Tür zu dem kleinen Raum, doch auch hier war niemand. Gerade schloss ich die Tür wieder, da hörte ich im Bad ein leises Geräusch. Mit einem zaghaften Schritt war ich an dem weiß gestrichenen Holz angekommen und schnüffelte: Meine Gefährtin war dort drinnen, doch anzuklopfen traute ich mich nicht – wer wusste schon, ob sie mich überhaupt sehen wollte?

Seufzend ließ ich mich an der Wand daneben hinabgleiten und blieb mit dem Kopf in den Händen sitzen. Nach einiger Zeit hörte ich Schritte, die an der Tür stehen blieben.

„Bist du da, John?", fragte Emily zaghaft.

„Ja, Liebes. Immer", antwortete ich und sie schluchzte leise auf.

Verdammt! In diesem Moment wollte ich nur eines: Sie im Arm halten und trösten.

„Bist du noch sehr böse auf mich, Liebes?", fragte ich vorsichtig.

„Nein", war ihre einfache Antwort und mir wurde es etwas leichter ums Herz.

„Wenn du nicht mehr böse auf mich bist, wieso weinst du und ziehst dich vor mir zurück?"

Wieder schluchzte sie. Ich hielt die Luft an, aus Angst vor der Antwort.

Gerade glaubte ich schon zu ersticken, da rückte sie endlich mit der Sprache heraus: „Es ist wegen der Babys."

Mir war schon schummrig vor Augen –da wurde mir erst bewusst, was sie gesagt hatte.

„Babys?"

„Ja. Wir könnten Zwillinge bekommen. Aber die Chancen, dass beide überleben, stehen schlecht."

Nun weinte sie laut los – und mich hielt nichts mehr hier draußen, ich riss die Tür auf und Emily in meine Arme.

„Was kann ich tun, Liebes?"

Ihre stahlgrauen Augen waren mit Tränen überschwemmt, als sie den Blick hob.

„Küss mich und halte mich einfach nur fest."

Nur zu gerne kam ich ihrem Wunsch nach und legte meine ganze Liebe in diesen einen sanften Kuss.

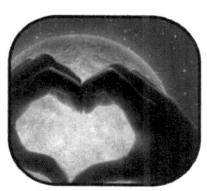

Emily

Endlich war es heraus und Johns Reaktion zeigte mir einmal mehr, dass ich mich in ihm geirrt hatte.

Er gab mir einen Kuss, der derart liebevoll war, dass mir das Herz schwer wurde. Wie eine Ertrinkende klammerte ich mich an ihn und genoss jeden Millimeter, an dem wir uns berührten.

Unten wurde die Haustür geöffnet und Jasmin rief: „Bin wieder da!"

Dann fiel die Tür lautstark ins Schloss und ich konnte es in der Küche rumoren hören. Seufzend machte ich mich von John los. Gemeinsam betraten wir das Bad und er reichte mir einen Waschlappen, den er mit kaltem Wasser getränkt hatte.

„Das hilft etwas gegen die verquollenen Augen, hoffe ich."

Dann küsste er mich auf den Scheitel und ging leise aus dem Raum. Langsam reifte ein Entschluss in mir: Ich würde mich wandeln lassen, um ganz zu ihm und unseren Kindern zu gehören. Ob er mich auch heiraten wollen würde?

Die kühlen Fasern des Lappens waren eine Wohltat. Einige Minuten später trat auch ich aus dem Bad und meiner Schwester in der Küche entgegen.

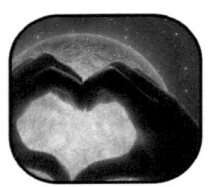

John

Nur widerwillig hatte ich meine Liebste im Bad zurückgelassen, um nach unten zu gehen. Dort sah ich gerade noch, wie Jasmin verzweifelt in die Schränke sah.

„Fuck!", fluchte sie und ich musste schmunzeln.

„Was suchst du denn, Liebes?"

Fast hätte sie den kleinen Karton fallen gelassen, so sehr zuckte sie zusammen.

„Du blöder Spinner! Erschreck' mich doch nicht so!", schnauzte sie mich an und ich musste nun breit grinsen. Bis mein Blick auf den Inhalt der kleinen Schachtel fiel. Mit einem großen Schritt war ich bei ihr und schloss meine Arme um sie.

„Du bist die beste Schwester, die meine Süße haben kann!"

Verdutzt sah sie mich an. Mit einem Nicken wies ich auf den Karton in ihren Händen.

„Ja, aber sie soll es noch nicht sehen, es ist eine Überraschung und ich weiß nicht, wo ich es verstecken könnte."

Sie fing beinahe an zu weinen vor Verzweiflung.

Da fiel mir ein, dass es manche Schränke in der Küche gab, die Emily nie öffnete und ich zeigte Jasmin, welche es waren. Schnell schob sie die Schachtel in einen dieser Schränke und machte sich dann wieder daran, die restlichen Einkäufe zu verstauen.

Da kam auch schon meine Gefährtin in die Küche.

„Du siehst echt scheiße aus", war Jasmins Begrüßung.

„Ach, fick dich", grummelte Emily als Antwort und ihre Schwester grinste nur.

„Schau mal einer an, mein braves Schwesterchen kann ziemlich böse Sachen sagen!" lachte sie und machte sich aus dem Staub.

Die Treppe polterte, als Jasmin hinaufrannte dann klappte oben die Badezimmertür zu. Langsam zog auch ich mich zurück und setzte mich im Wohnzimmer auf das Sofa. Selbst von hier aus konnte ich noch hören, wie Emily durch die Küche schlich und die Schränke öffnete. Dann beschleunigte sich ihre Atmung und sie schluchzte leise auf.

Meine liebe neugierige Gefährtin – sie hatte wohl Jasmins süße kleine Überraschung entdeckt.

Kurz darauf kam sie zu mir, und ich zog sie stumm in meine Arme.

Auch Jasmin war nun, frisch geduscht, wieder heruntergekommen und hatte sich gerade zu uns gesetzt. Wir alle genossen die friedliche Atmosphäre, endlich hatten wir es geschafft, wieder miteinander auszukommen.

Da klingelte es plötzlich an der Tür.

Leise stand ich auf und ging hinaus. Meine Witterung zeigte mir an, dass da draußen ein Wolf stand. Jasmin schnappte sich die alte Flinte und ging an die Tür. Mein Kopfschütteln und leises Knurren ignorierend, öffnete sie.

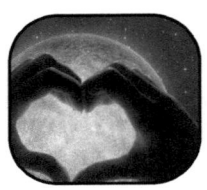

Emily

Jasmin riss die Tür auf und hielt die doppelläufige Flinte direkt auf den riesigen Typen gerichtet, der vorm Haus stand. Vom Wohnzimmerfenster aus hatte ich einen guten Blick auf das, was an der Haustür passierte. Dann hörte ich Johns beruhigende Stimme: „Liebes, lass mich das regeln."

Jasmin kam zu mir ins Wohnzimmer und brummte: „Sicher noch so ein Wolf."

Draußen hörte ich meinen Gefährten knurren.

„Was wollen Sie hier?"

Der Fremde antwortete mit einer angenehm tiefe Stimme und ich sah, wie sich bei Jasmin die feinen Härchen an den Armen aufrichteten, als er sprach.

„Wenn Sie jetzt behaupten, es handele sich um Ihre *Gefährtin* ..." der Fremde nickte und John lachte lauthals los.

„Das wird lustig!"

Dann kam er zu uns und der Andere blieb verwirrt vor der Tür zurück. Jasmin ging noch einmal hinaus und baute sich mit vor der Brust verschränkten Armen vor dem Mann auf.

Dabei drückte sie den Rücken durch, um größer zu wirken, und fauchte ihn an.

„Willst du mich verarschen, Werwolf? Woher willst du wissen, dass ich deine Gefährtin bin?"

Sein Adamsapfel hüpfte kurz, als er hart schluckte, dann antwortete er.

John legte sich aufs Sofa und zum ersten Mal bekam ich mit wie er den Fernseher einschaltete um direkt zu einem Footballspiel zu switchen.

Sogar die Lautstärke passte er an, wohl um von dem privaten Gespräch der beiden nichts mehr unfreiwillig mitanhören zu müssen.

Einen Moment war sie still, dann griff sie zur Waffe -oder versuchte es zumindest.

Er umschloss ihre Hand. Direkt darauf bekam er auch ihr zweites Handgelenk zu fassen, weil sie versucht hatte ihn zu schlagen.

„Lass mich los, du räudiger Köter!" schrie sie.

Inzwischen war ich aus der Hintertür hinausgehuscht und umrundete das Haus. Zum Glück hatte ich John überreden können, sie wieder für uns freizulegen.

Von hinten schlich ich mich an den Riesen heran und drückte ihm die Mündung meiner Pistole zwischen die Schulterblätter.

„Lass sofort meine Schwester los, sonst knallt's!" zischte ich ihm leise zu, und er drehte sich einfach, mit meiner Schwester in den Armen, zu mir um.

Hinter ihm hörte ich das dunkle Knurren von Johns Wolf und sah, dass er sich in diese seltsame Kampfform gewandelt hatte. Der Fremde ließ die Hände von Jasmin los und schnappte stattdessen kurzerhand meine Waffe.

John hatte die Zähne gefletscht und trat einen Schritt auf ihn zu.

„Ich will deiner Frau nichts tun, nur in Ruhe mit meiner Gefährtin sprechen", sagte der Fremde, sicherte die Waffen und warf sie in den Hausflur.

Als Johns Fänge sich weiter verlängerten, begann der Fremde ebenfalls seine Gestalt zu wandeln.

Mein Gefährte sprang auf ihn zu, aber der Andere drehte sich geschickt seitlich weg und wich um ein paar Schritte von uns und dem Haus zurück.

Obwohl der Fremde ihn um Einiges überragte, schreckte John nicht davor zurück, einen erneuten Angriff zu starten.

Eine Weile umkreiste er ihn und versuchte immer wieder mit seinen scharfen Klauen einen Treffer zu landen, was ihm auch das eine oder andere Mal gelang. Sein Gegner hielt sich eher defensiv.

Als John einen erneuten Frontalangriff startete, blieb der Fremde mit gespreizten Beinen einfach stehen und ließ ihn kommen.

Johns Arme schlossen sich um den Leib des Anderen und seine Fänge schnappten nach dessen Kehle, da schlug dieser ihm mit der Kante seiner Klauenhand an den Hals und gleich danach mit den verschränkten Fäusten auf den Rücken. John brach bewusstlos zusammen und der Fremde fing ihn geistesgegenwärtig auf, noch ehe er auf dem Boden aufschlagen konnte.

Seine Rückwandlung trat ein und er trug den Bewusstlosen zum Haus zurück.

„Haben sie die Möglichkeit, einen tobenden Werwolf eingeschlossen zu halten, Ladys?", fragte der Fremde. Wir schüttelten synchron den Kopf.

„Nein, weil er kein Werwolf ist! Genauso wenig wie Sie", sagte ich und er sah mich offensichtlich verwirrt an.

„Was bin ich denn, wenn kein Werwolf?"

„Ein Lykaner, und zwar ein ziemlich arschiger!", grummelte meine Schwester.

„Wie auch immer. Wenn Ihr Freund gleich wieder zu sich kommt, wäre es mir jedenfalls lieber, Sie in Sicherheit zu wissen", gab er knapp zurück und wir sahen uns an.

„Keller", murmelte Jasmin mit Blick auf den Berserker in seinen Armen.

Der Fremde folgte ihr durch unsere kleine Wohnküche in den Keller. Dort öffnete sie den Raum, der kein Fenster besaß.

Als der Fremde sich unter der niedrigen Tür hindurchduckte und John drinnen behutsam ablegte, gab Jasmin mir ein Zeichen.

Also warf ich hinter ihm die Tür zu und verriegelte sie. Hoffentlich tat er John nichts an, während wir überlegten wie es mit dem neu aufgetauchten Lykaner weitergehen sollte.

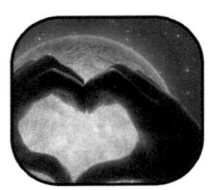

John

Ein dunkles Grollen entwich mir, als ich erwachte. Dann erst bemerkte ich die veränderte Umgebung. Panisch sprang ich zur Tür und hämmerte dagegen.

„Emily, Jasmin! Bitte lasst mich hier wieder raus!"

„Wenn Sie sich nicht wie ein wildes Tier aufgeführt hätten, hätte ich die Ladys nicht um einen sicheren Ort bitten müssen", sagte der Fremde mit vor Ironie triefender Stimme. Er lehnte in einer schattigen Ecke des Raumes, wo er mir zuvor nicht aufgefallen war.

„Wenn Sie sich nicht an den Frauen vergriffen hätten, wäre es gar nicht so weit gekommen!", knurrte ich zurück.

Er zog eine Augenbraue hoch und sagte: „Ich habe mich lediglich *verteidigt.*"

Ohne mich weiter zu beachten, betrachtete er seine Wunden, die ich ihm zugefügt hatte.

„Sie können froh sein, dass ich Sie kurzerhand außer Gefecht gesetzt habe. Wenn ich mir diese Wunden so ansehe, hätte das sehr unschön für Sie enden können", murrte er. Nun erst fiel mir auf, dass ich selbst nicht einen einzigen Kratzer abbekommen hatte.

Oben klingelte es an der Tür.

Man vernahm leise Stimmen, die sich schon kurz darauf dem Keller näherten. Die Tür wurde geöffnet und nun drängte sich uns beiden ein Grollen aus der Kehle.

Vor der Tür stand ein Mann, der Jasmin eine Waffe an die Schläfe hielt.

„Bei dir alles in Ordnung?", fragte er.

Der Fremde nickte.

„Lass sie sofort los, Jones, sonst bekommen wir ein ziemlich großes Problem miteinander!", knurrte er und der Andere sah ihn verwirrt an.

„Alter, du wurdest hier eingesperrt, ich rette dich – und statt mir dafür zu danken drohst du mir?"

„Solange du meiner *Gefährtin* eine Waffe an den Kopf hältst, verdammt noch mal, ja!"

Der sah ihn an, dann sie, dann wieder ihn.

„Gefährtin? Dein Ernst jetzt? Alter, mit der wirst du nicht glücklich."

„Lass. Sie. Los. Sofort!" grollte der Fremde und zeigte bereits die ersten Anzeichen einer Wandlung.

Umgehend senkte der Andere die Waffe und ließ Jasmin los.

„Zur Info, mein Freund: Ab hier bin ich raus. Viel Glück mit deiner *Werwolf Jägerin*." murrte er und machte sich kurzerhand davon.

„Er macht nur einen dummen Witz, oder?", fragte der Fremde. Doch Jasmin schüttelte nur den Kopf.

„Lange Geschichte. Aber ganz sicher bin ich nicht deine Gefährtin!"

Seine Hand verkrampfte sich über seiner Brust und er brach in die Knie. Jasmin hockte sich seufzend neben ihn. „Na, das kann ja heiter werden."

Dann legte sie ihre Hand um sein Kinn und zwang ihn sie anzusehen.

„Ich habe nicht *nie* gesagt."

„Ist das ein Ja?", fragte er zögernd und Jasmin zuckte mit den Achseln. „Nennen wir es ein vielleicht."

Dann half sie ihm auf und wir stiegen in die Küche rauf, wo uns umgehend zwei Jogginghosen entgegenflogen.

Dem Fremden war seine Hose natürlich viel zu kurz, und Jasmin schmunzelte, weil seine Waden nicht bedeckt waren.

Als ihr Blick dann jedoch bewundernd über seinen gut trainierten Oberkörper wanderte, ließ er die Muskeln spielen.

Sie sah ihm in die Augen − und mit einem Schritt war er bei ihr und legte eine Hand an ihre Wange.

Gerade wollte er sie küssen, da ertönte ein Klicken. Jasmin hatte den Trommelrevolver entsichert und auf den Schritt des Mannes gerichtet.

„Eine falsche Bewegung, Wolf, und du brauchst dir um eine Vereinigung keine Gedanken mehr zu machen." schnurrte sie ihm entgegen.

Langsam nahm er seine Hand von ihrer Wange − nur um dann mit einem umso schnelleren Griff ihre bewaffnete Hand zu packen. Mit einer Bewegung seines Daumens, sicherte er den Schlagbolzen und gab dann Druck auf ihr Handgelenk, bis sie die Waffe losließ.

„Lady, bedrohe mich nie wieder mit einer Waffe", raunte der Fremde ihr ins Ohr. Jasmin erschauderte, seine Nasenflügel blähten sich auf und er knurrte.

Mit großen Augen sah sie auf die Beule, in seiner viel zu kleinen Hose und er frotzelte: „Wie war das mit der Vereinigung?"

Dabei bewegte er ihr sein Becken entgegen, bis ihre Hand seinen Schritt berührte. Beide stöhnten auf, und Jasmin packte ihn am Arm. Das war für mich das entscheidende Signal − ich streckte dem Fremden die Hand entgegen.

„Die Waffe werdet ihr wohl so bald nicht mehr benötigen, nehme ich an", lästerte ich.

Grinsend händigte er sie mir aus. Beinahe sofort verschwanden die beiden die Treppe hinauf und ins Schlafzimmer.

Doch nur wenige Minuten später hörte man, wie oben das Fenster zu Bruch ging und es einen Aufprall draußen vor dem Haus gab.

Kurz darauf erklang ein lang gezogenes Jaulen im Wald.

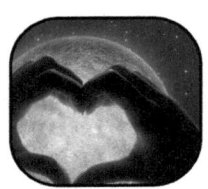

Emily

Ein schauriges Jaulen ertönte aus dem Wald. Das war der Fremde, dessen war ich mir ziemlich sicher. Schon war John nach oben geeilt, klopfte an der Schlafzimmertür und seine besorgte Stimme erklang: „Ist bei dir alles in Ordnung, Liebes?"

Was meine Schwester antwortete, verstand ich nicht, doch da er hineinging, nahm ich stark an, dass eben nicht alles in Ordnung war.

Seufzend erhob ich mich und blickte durchs Fenster. Langsam befürchtete ich schon, wir würden nie zur Ruhe kommen und unsere Kinder mussten mit einem ewigen Theater aufwachsen.

Zärtlich legte ich die Hand auf mein Bäuchlein und strich darüber.

„Keine Sorge, meine Kleinen, euer Vater und ich passen gut auf euch auf."

„Falls ich das noch erlebe", erklang Johns ernste Stimme hinter mir, und ich erschrak.

„Was ist denn passiert?", fragte ich ihn und spürte bereits das Zittern meiner Beine.

Mit wenigen Schritten war er bei mir und zog mich auf das Sofa.

„Sie hat ihm klar gemacht, dass noch ein anderer der Meinung wäre, ihr Gefährte zu sein.

Wenn ich das nicht geklärt bekomme, werden wir um sie kämpfen müssen – und das kann nur einer überleben."

Seine Schultern sackten herab, und er legte den Kopf auf meinen Scheitel.

„Liebes, ich werde ihm nachgehen und sehen, dass ich das kläre. Bitte bleib im Haus und versuche, dich nicht zu sehr aufzuregen. Ich liebe dich."

Sanft hob er mein Kinn und gab mir einen Kuss, der sich allzu sehr nach Abschied anfühlte.

Noch bevor ich meine Gedanken sortiert hatte, um Einspruch zu erheben, war er bereits aufgestanden und durch die Haustür gehuscht.

Derart alleingelassen begannen meine Gefühle Achterbahn zu fahren. Was, wenn John nicht zurückkam? Wie sollte ich seine Kinder anständig erziehen, da ich schließlich keine Ahnung davon hatte, wie man einen Lykaner anleitete. Je mehr ich darüber nachdachte, was gerade geschehen war und noch kommen würde, desto mehr brodelte es in mir. Es war ja nicht so, als hätte ich mit der Schwangerschaft nicht schon genug Sorgen, nein, nun musste meine egoistische Schwester auch noch einen Kleinkrieg provozieren! Mit geballten Fäusten stapfte ich die Treppe nach oben und riss die Tür zu unserem Zimmer auf.

Jasmin saß apathisch auf dem Bett, den Blick starr aus dem zerstörten Fenster gerichtet. Schlagartig war meine Wut vergessen und sie tat mir leid. Still setzte ich mich neben sie und nahm sie in die Arme.

Endlich regte sie sich und begann zu weinen.

Ruhig wartete ich einige Minuten ab, dann sagte ich: „Sie werden kämpfen müssen, wenn John das nicht klären kann. Und es wird nur einer überleben."

Nun musste auch ich weinen und Jasmin rief: „Das habe ich nicht gewusst und erst recht nicht gewollt!"

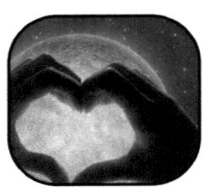

John

Mit der Nase am Boden stromerte ich durch den Wald, jedoch konnte ich nichts von dem Fremden ausmachen. Dabei sollte man eigentlich meinen, dass ein solch riesiger Kampfwolf deutliche Spuren hinterlassen würde, aber nicht einmal seinen Geruch konnte ich wahrnehmen. Wie zur Hölle hatte er das gemacht? Frustriert schnaubend suchte ich weiter. Und meine arme Gefährtin saß derweil im Haus und stand unnötige Ängste aus, die ich ihr gern erspart hätte. Auch oder gerade, weil dieser Zustand ein zusätzliches Risiko für unsere ungeborenen Kinder war.

Nur allzu gern hätte ich einen frustrierten Heuler ausgestoßen, doch das verbiss ich mir, damit der Fremde nicht verfrüht auf mich aufmerksam wurde. Inch für Inch stöberte ich mich voran, drei Tage lang – ohne eine Pause einzulegen oder zu schlafen – bis ich schließlich am entgegengesetzten Waldrand auf eine Art Lager stieß.

Hier fand ich eine Reisetasche, einen Rucksack mit Proviant, sowie ein kleines zusammenklappbares Kochgerät. Mit wenigen Handgriffen bereitete ich einen Instantkaffee zu, da knackte es auch schon im Unterholz und der Mann kam heraus.

Sein überraschter Blick, als ich ihm die Tasse mit der frisch zubereiteten schwarzen Brühe hinhielt – unbezahlbar.

„Wir müssen dringend etwas klären", sagte ich und er setzte sich hin.

„Am Anfang", begann ich zu erzählen, „war mein Wolf der Meinung, dass Jasmin seine Gefährtin sei."

Der Fremde knurrte: „Erzählen Sie schneller!"

„Doch ich hatte mich – entgegen seiner Meinung – in Emily verliebt."

Sein ungläubiger Blick lag auf mir.

„Das geht doch gar nicht, weil Sie und Ihr Wolf dieselbe Person sind."

Ich schüttelte den Kopf und antwortete ihm: „Erst durch die Angst zu sterben, kam ich mit meinem Wolf zusammen und ich beharrte darauf, dass ich lieber Emily wollte. Schließlich gab er nach und willigte ein, da Emily das gleiche Blut wie Jasmin hat. Sie sind eineiige Zwillinge, wie sie sicher schon am Geruch bemerkt haben."

Nachdenklich nickte er.

„Warum erzählen Sie mir das?", fragte er, doch ich hielt ihm nur grinsend die offene Hand entgegen: „Mein Name ist John Hunter."

„Owen", sagte er, schlug aber nicht in die ihm angebotene Hand ein, sondern betrachtete sie nur skeptisch.

„Meine Gefährtin ist Emily, die Schwangere", erzählte ich. „Sagen Sie doch bitte John zu mir. Darf ich Sie duzen, Owen? Das Sie klingt immer so förmlich."

Zustimmend nickte er und sagte: „Okay, John, dann erklär mir mal bitte, wieso du mir all das erzählt hast?"

Nun musste ich schmunzeln, denn ich war schneller an diesem Punkt angekommen als gehofft.

„Weil ich keinerlei Anspruch auf Jasmin erhebe. Man kann nur eine Gefährtin haben – und meine ist Emily. Komm mit mir zurück und mach Jasmin glücklich."

Er sah mich überrascht an.

„Darüber muss ich nachdenken." Owen stand auf und ging vor mir ein paar Schritte auf und ab.

„Keine Ansprüche? Wirklich?"

Ich nickte. Er hockte sich an einen Baum und ich fragte: „Wenn ich darf, würde ich gerne mehr über meinen zukünftigen Schwager erfahren."

Mit dem Rücken an das Holz gelehnt antwortete er: „Meinen Namen kennst du ja schon. Was willst du sonst noch wissen?"

Noch immer klang seine Stimme skeptisch.

„Du hast recht, misstrauisch zu sein. Lass mich damit anfangen, zu erzählen."

All seine folgenden Fragen beantwortete ich ihm wahrheitsgemäß. Nur dann, wenn er etwas über Emily oder Jasmin wissen wollte, blockte ich ab: „Das wirst du sie schon selbst fragen müssen."

Der Morgen graute bereits, als ich erschöpft einschlief.

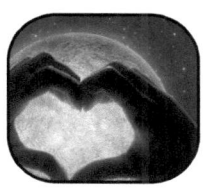

Emily

John blieb verschwunden, ebenso wie der Fremde. Nachdem ich den ersten Kampf der beiden Männer gesehen hatte, war ich ziemlich sicher, er hätte John locker töten können. –Und dennoch hatte er es nicht getan. Die Frage war nur, warum?

Mittlerweile waren bereits drei Tage vergangen und von beiden war nichts zu hören gewesen, nur ab und an das schaurige Jaulen des Fremden. Meine Sorgen wuchsen. Vor lauter Verzweiflung bekam ich kaum noch einen Bissen herunter.

Obwohl ich zwischendurch, wegen der ungewissen Situation, immer mal wieder böse auf meine Schwester war, ertrug ich es kaum, ihr dabei zuzusehen, wie auch sie ihr Essen immer wieder unberührt stehen ließ. Nachts schlief sie nicht, sondern stand wieder am Küchenfenster, um hinauszusehen.

Auch heute hatte sie sich aus dem Bett geschlichen und stand dort. Draußen zogen Wolken langsam an dem, fast schon gerundeten Mond vorbei, und ich sagte leise: „Morgen ist Vollmond. Dann werden sich die beiden nicht mehr unter Kontrolle haben. Ich hoffe nur, dass sie die Sache schon vorher klären können."

Gerade hatte sie sich zu mir gedreht, da hörte man draußen Schritte auf dem Kies der Zufahrt.

„Erinnert ihr euch noch an damals? Hier gab's gute Beute und zwei heiße Bräute!"

„Stimmt, die Weiber scheinen immer noch hier zu leben, zumindest ist ihr Geruch frisch − und die eine ist trächtig."

„Das wird ein Spaß! Erst ficken wir sie, dann fressen wir sie auf!"

„Aber das Beste ist, dass die Witterungen der wölfischen Männer, die offenbar hier verkehrten, schon älter sind. Die kommen sicher nicht mehr rechtzeitig zurück, falls überhaupt, um uns zu stören."

Hände wurden zusammengeklatscht, dann entfernten sich die Schritte zum Glück wieder.

„Verdammt, Emily hast du das gehört?" fragte Jasmin, doch ich konnte ihr nicht antworten. Bei der Ankündigung, dass sie uns vergewaltigen und dann fressen wollten, hatte eine Panikattacke eingesetzt.

„Wo ist John?" wimmerte ich zwischen zwei hektischen Atemzügen, und meine Schwester kam zu mir aufs Bett.

Sie umarmte mich und sagte leise: „Er hat uns was versprochen! Nie wieder wird uns jemand ein Leid antun. Erinnerst du dich?"

Zögernd nickte ich an ihrer Brust.

„Er wird sein Wort nicht brechen!", sagte sie voller Inbrunst und ich hoffte, sie würde recht behalten. In der Ferne ertönte der Ruf des Fremden.

Wenn John jetzt bloß hier wäre! Nur ganz langsam fand ich wieder genug Ruhe, um einzunicken. Jasmin hatte mir ein getragenes T-Shirt von John gegeben. So hatte ich wenigstens etwas bei mir, das nach ihm roch.

Am Morgen ging ich in die Küche und um mich mit irgendetwas zu beschäftigen, richtete ich eine Mahlzeit her. Diesmal würde ich Crêpes mit Pilzen und gedünsteten Zwiebeln machen. Jasmin verrammelte oben das Fenster. Schon den halben Vormittag lang war sie am Hämmern. Draußen jaulte der Fremde und ich hatte Angst um John.

Plötzlich erklang von oben ein lautes „Autsch!", und ein Schlag hallte durchs Haus.

Kurz darauf ließ Jasmin sich am Tisch nieder. Einer ihrer Fingernägel hatte sich dunkel verfärbt.

„Deiner kann noch jaulen, doch von meinem Wolf keine Spur!" zischte ich und ich knallte ihr einen angerichteten Teller vor die Nase.

Leider stand sie auch diesmal nach einer Weile einfach wieder auf, ohne auch nur einen Bissen probiert zu haben.

Selbst wenn ich ebenfalls nichts essen wollte, musste ich es doch tun - Johns Kindern zuliebe. Wenn ich schon womöglich meinen Partner verlor, wollte ich wenigstens um seine Kinder kämpfen, denn sie waren das Einzige, was mir von ihm blieb.

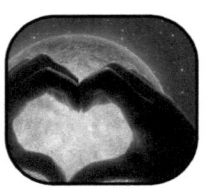

John

Mein Kopf dröhnte, als würde ein Düsenjet darin umherfliegen. Bewegen konnte ich mich auch nicht richtig. Owen hatte mich gefesselt. Fast schon war ich im Begriff mich zu wandeln, in der Hoffnung so meine Fesseln zu lösen, da stellte ich erstaunt fest, dass sie locker waren.

Es war bereits Mittag, als ich mit seiner Reisetasche nach Hause torkelte. Was auch immer der Kerl benutzt hatte, um mich außer Gefecht zu setzen, es war verdammt wirkungsvoll gewesen und ich hoffte einige Antworten diesbezüglich zu bekommen, wenn er sein Zeug abholen kam.

Der Mond nahm schon wieder ab. Wieso konnte ich mich nicht an die Vollmondnacht erinnern? Nicht nur die Erinnerung an den Vollmond fehlte, nein alles was nach unserem Gespräch stattfand, existierte schlichtweg nicht mehr in meinem Gedächtnis. Als ich die Zufahrt des Hauses betrat, drehte sich mir fast der Magen um. Eine Menge Blut war hier geflossen. Überall lagen verstreute Körperteile von Werwölfen.

War das etwa ich selbst gewesen? In mir herrschte absolute Ruhe. Nein, wenn ich das gewesen wäre, würde mein Wolf bei diesem Geruch und Anblick triumphierend aufheulen.

Vorsichtig stakste ich zwischen den zerfetzten Körpern hindurch und überbrückte die letzten Inch zur Haustür mit einem beherzten Sprung.

Noch während ich, vom Schwung getragen, an das Holz der Tür stieß, wurde diese aufgerissen, und ich kippte samt Tasche ins Haus.

Der Länge nach landete ich auf dem Boden. Weinend warf sich Emily über mich.

„Endlich bist du wieder da! Es war so schrecklich! Ich dachte schon, ich würde dich nie wiedersehen!"

„Wer war das, da draußen?" fragte ich zögernd. Jasmin, die noch an der Tür stand antwortete: „Das war dieser Irre, der meint, er sei mein Gefährte."

Ich atmete auf.

Emily und Jasmin schienen keine Gründe zur Erleichterung zu sehen, denn sie beide blickten mich entgeistert an.

„Wo ist er jetzt?" fragte ich und Jasmin nickte in Richtung Kellertür.

„Sicher untergebracht."

Vorsichtig setzte ich mich auf und zog Emily mit auf die Füße. Dann trennte ich mich von ihr und lief nach oben, um mir etwas anzuziehen. Anschließend ging ich mit energischen Schritten ich an den Frauen vorbei, in den Keller. Wie ich schon vermutete, hatten sie ihn in den *Werwolf Keller* gesperrt - wie ich diesen Raum im Stillen nach meinem ersten Aufenthalt darin getauft hatte.

Es machte mich wütend, Owen da liegen zu sehen, betäubt und nackt. Nicht einmal eine Decke hatten sie ihm gegeben. Schmerzhaft drückten sich meine Wolfsfänge hervor, was mir ansonsten wirklich so gut wie nie passierte.

„Ihr undankbaren Weibsbilder!" schnauzte ich sie an und Emily zuckte, als hätte ich sie geschlagen.

„Was fällt euch eigentlich ein? Ihr sperrt ihn wie einen räudigen Werwolf hier unten ein?"

Jasmin starrte mich trotzig an.

„Geh und hol mir eine seiner Hosen, aus der Reisetasche, die ich mitgebracht habe!"

Statt Jasmin rannte nun Emily los, was mich noch wütender machte.

Sie brachte eine Einsatzhose, die ich dem Bewusstlosen überstreifte.

„Wenn er nicht gewesen wäre, lägen *wir* wohl alle tot hier im Haus, oder da draußen – wo stattdessen ihre Kadaver liegen."

„Er kam ohne dich zurück und ist Amok gelaufen!", zickte Jasmin mich an.

„Wäre es euch lieber," grollte ich zurück, „ich wäre nun tot und ihr geschändet - oder, schlimmer noch, gewandelt?"

Als Owen versuchte, sich zu bewegen, war ich sofort bei ihm und half ihm auf in eine sitzende Position.

Emily reichte ihm ein Glas mit Wasser, errötet und beschämt zu Boden blickend. Wenigstens eine der beiden Schwestern also hatte sich meine Standpauke zu Herzen genommen, auch wenn es die Falsche war.

„Danke" brummte er.

Owen leerte das Glas in kleinen Schlucken, dann nahm Emily es ihm wieder ab und stellte es weg. Er hob den Blick und sah, an mir vorbei, zu Jasmin, die prompt eine Waffe auf ihn richtete.

Mit einem Knurren sprang er auf, doch nur, um direkt wieder zusammenzubrechen. Noch war er zu geschwächt, durch das Betäubungsmittel. Ich fing ihn auf und seufzte: „Das kann ja noch heiter werden mit euch."

Als ich Owen wieder absetzen wollte, schüttelte er japsend den Kopf.

„Bitte. Raus. Luft. Muss rennen."

Ich seufzte erneut.

„Ich glaube zwar nicht, dass du bereits zum Rennen imstande bist, aber bitte – ganz wie du wünschst."

Jedoch war er zu groß und zu schwer, um ihn allein stützen zu können. Als Emily mir helfen wollte, hielt er sie mit einer abwehrenden Geste auf Abstand und sagte knapp „Schwanger." Sie lief rot an, diesmal aus Wut.

„Hör mal zu, du aufgeblasenes Pelztier!", setzte sie an, doch ich schüttelte leicht den Kopf. Sie schluckte den Rest ihrer Gardinenpredigt herunter und stürmte mit einem „Hmpf!" aus dem Raum.

Da Jasmin sich weigerte, Owen anzufassen, musste ich warten. Einige Minuten später war er wieder fähig sich so weit von allein zu bewegen, dass wir gemeinsam die Treppe erklimmen konnten.

Durch die Bewegung schien es ihm von Sekunde zu Sekunde besser zu gehen. Oben an der Haustür reichte er mir die Hand, sagte „Danke." und ging hinaus auf die Wiese.

Sorgfältig beseitigte er sämtliche Spuren des Kampfes und entfernte die Leichenteile. Inzwischen richteten Emily und ich das Bad her, für den nicht ganz unwahrscheinlichen Fall, dass er sich säubern wollte.

Aus dem Wald ertönte ein lang gezogenes Heulen, indem Frust, Wut und Verzweiflung mitschwangen.

Irgendwie tat mir der Mann leid.

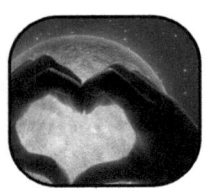

Emily

Schritte erklangen auf dem Kies der Zufahrt, und ich öffnete die Tür. Der Fremde, Owen, war wieder zurück und ich gab ihm mit einem Wink zu verstehen, ins Haus zu kommen. John begrüßte ihn mit Handschlag und führte den Mann nach oben ins Bad. In der Zwischenzeit zog ich mich ins Wohnzimmer zurück.

„Jasmin wird nachher mit dir sprechen und dir hoffentlich erklären, warum sie sich so seltsam verhält", hörte ich ihn sagen, ehe die Badezimmertür geschlossen wurde.

Kurz darauf kam John leise die Treppe herunter und Jasmin schlich sich ins Bad.

„Ich hoffe wirklich, sie sprechen sich aus. Dieser Stress ist nicht gut für dich und die Kleinen."

Schon legte er sachte eine Hand auf meinen gewölbten Bauch und küsste mich liebevoll.

„Darf ich bei deinem nächsten Termin bitte mitkommen?" fragte er, nachdem ich mich schwer atmend von ihm gelöst hatte.

„Hm.", brummte ich. Mir gingen gerade ganz andere Dinge im Kopf herum.

Sein verschmitztes Grinsen ließ mein Herz kurz stolpern, dann klopfte es umso schneller. Meine Finger glitten über Johns ebenmäßige Brust und er seufzte.

„Dürfen wir das überhaupt noch, miteinander schlafen?", fragte er unsicher und ich nickte.

„Wenn wir ein Kondom nutzen und ganz vorsichtig sind, müsste es gehen."

Seine Augen wurden ganz groß und nun war ich es die schmunzeln musste.

Schnell hatte er seine Bedenken vergessen, als ich seine Hose öffnete und sie samt den Shorts mit einem entschlossenen Ruck herunterzog.

Sein Glied ragte mir steil entgegen. Ich wollte ihn schmecken und ließ mich vor ihm auf den Knien nieder. Genüsslich schloss ich meine Lippen um den samtigen Schaft mit dem harten Kern. Sein Stöhnen zeigte mir, wie sehr ihm das gefiel. Langsam ließ ich ihn tiefer in meinen Mund gleiten, dann zog ich mich wieder ein Stück zurück. Einige Male wiederholte ich dieses Spiel, bis er mich am Pferdeschwanz griff und festhielt.

„Wenn du so weitermachst, Schatz, brauchen wir kein Kondom mehr", grollte er leise und ich musste aufstöhnen.

Dieses sexy Knurren! Es fuhr mir direkt in meine feuchte Mitte und stellte die feinen Härchen an meinen Armen auf. Er hatte mich losgelassen, und ich gab ihn, noch einmal kurz über seine feuchte Eichel pustend, frei.

Hastig zog er mich auf die Füße und schob mich zum Sofa, wo er mich sanft nach unten auf die Sitzfläche drückte. Vor mir ging er in die Knie und legte seine Hände an meine Schenkel.

Langsam spreizte er sie immer weiter und sah mich derart liebevoll an, dass es mir ganz warm ums Herz wurde. Plötzlich wurde sein Gesicht unerwartet ernst und er fragte: „Würdest du mich heiraten, wenn ich dich fragen würde?"

Wie kam er bloß darauf - in so einer Situation?

„Wenn du mich fragen würdest, vielleicht. Das kann ich dir so nicht sagen."

Er nickte und widmete sich wieder meinem Schoß.

Seine warme Zunge zog eine feuchte Spur über meine Weiblichkeit, und fast wäre ich schon gekommen vor Anspannung.

Doch nur einige feste Striche über meine Knospe später hielt er inne.

„Emily, willst du meine Frau werden?"

Seine Augen leuchteten und er sah mich erwartungsvoll an.

War das sein Ernst? Was sollte ich dazu bloß sagen?

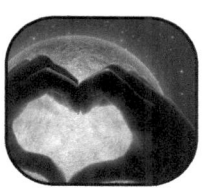

John

Zwischen ihren Schenkeln kniend, hatte ich all meinen Mut zusammengenommen, um ihr endlich die *eine* Frage zu stellen, die mir auf der Seele brannte. Sie aber sah mich an und sagte … nichts.

Mein Herz begann sich zu verkrampfen, die Luft wurde mir knapp. Plötzlich lachte sie los.

„Das ist nicht dein Ernst, oder? Wir waren gerade anderweitig beschäftigt!"

Doch schlagartig wurde sie still und bekam große Augen: „Oh Gott, sorry - es *war* dir ernst mit deiner Frage, oder? Und ich habe gelacht. Oh Mann, bin ich blöd!"

Sie schlug sich an die Stirn. Schon wollte ich aufstehen, da hielt sie meine Hand fest.

„Bitte bleib! Natürlich werde ich deine Frau!"

Es dauerte noch einige Augenblicke, bis das, was ihre Worte bedeuteten, in mein Hirn sickerte.

„Ist das ein Ja?", fragte ich sicherheitshalber nach. Sie nickte.

Freudestrahlend ging ich wieder in die Knie − diesmal, um sie zu küssen. Als sie unruhig wurde und sich mir entgegen wölbte, musste ich grinsen. Nur zu gern gab ich ihrem Drängen nach, rollte behände das Gummi drüber, welches sie mir reichte, und ließ mein Glied in ihre heiße Mitte gleiten. Stöhnend bog sie den Rücken durch und kam mir so mit ihrem Unterleib noch etwas mehr entgegen.

Bedächtig und zärtlich liebte ich sie, immer wieder dabei mit dem Daumen über ihre Knospe reibend.

Schon bald begann sie zu zittern und gerade noch rechtzeitig verschloss ich ihren Mund mit meinen Lippen.

Einige zärtliche Stöße später kam auch ich laut keuchend.

Oben im Haus erklang ein lustvoller Aufschrei aus Jasmins Kehle und wir sahen uns wissend an: Nicht nur bei uns ging es heiß her.

Emily hatte sich schon wieder angezogen und wollte in der Küche Tee machen, da quietschte sie erschrocken auf. Mit einem Satz war ich an der Wohnzimmertür und sah gerade noch einen nackten Männerhintern ins Schlafzimmer verschwinden.

Doch gerade, als ich mich wieder hinsetzen wollte, rief Jasmin meinen Namen – in einem solch verzweifelten Tonfall, dass ich sofort mit großen Schritten die Treppe hinauflief. Am Schlafzimmer klopfte ich an die Tür und öffnete sie direkt, ohne auf Antwort zu warten.

„Du hast gerufen, Liebes?"

Das Knurren des Mannes ignorierte ich einfach, genauso wie seine Nacktheit.

„Er weiß nichts über das *Mal*!", sagte sie entsetzt, und er sah sie an, als hätte er etwas Wichtiges verpasst.

„Lass uns bitte mal allein, Liebes", sagte ich. Sie ging hinaus und schloss hinter sich die Tür. Nun fragte ich Owen: „Was weißt du über Werwölfe und Lykaner?"

„Außer, dass wir an Vollmond pelzig werden? Nicht viel. Wir sind stärker und schneller als normale Menschen.

Manchmal geht das Tier mit uns durch und wir verwandeln uns in Berserkerwölfe. Das ist alles, was ich dir sagen kann."

„Über die *Verbindung* weißt du nichts?"

„Nicht wirklich. Nur, dass man nicht zum Abschluss kommt, wenn man den falschen Sexualpartner erwischt hat. Und dass ich meine Gefährtin gerade wie einen Windbeutel mit meiner Sahne füllen wollte."

Nachdenklich sah ich ihn an. Wie sollte ich ihm bloß die Sache mit dem Markieren erklären?

„Nun, wie soll ich das am besten formulieren?

Da gibt es weit mehr als nur den Akt an sich. Auch wenn man den natürlich gar nicht oft genug wiederholen kann …" sagte ich. Sein Gesichtsausdruck lies mich grinsen.

„Was denn? Auch ich bin nur ein Mann. Also: Zu der *Verbindung* gehören erstens die *Vereinigung* und zweitens das *Mal*. Wenn ihr miteinander geschlafen habt, seid ihr vereint. Und das Mal ist eine Markierung deiner Gefährtin, die sie für jeden anderen Wolf als solche ausweist. Das Mal kann überall sein, gilt bei unserem Volk aber als sehr intim."

„Wie entsteht das Mal?", fragte er und ich spürte, dass meine Ohren heiß wurden.

„Willst du es deiner Gefährtin angenehm machen, oder es schnell hinter dich bringen?"

„Beides", war seine knappe Antwort.

„Wenn ihr das Mal, sagen wir mal, zwischen ihre Schenkel platzieren wollt, dann verwöhne sie mit dem Mund und im Moment ihres Höhepunktes, treibst du deine Fangzähne in ihr Fleisch."

Er sah mich entsetzt an. „Ich soll sie beißen? Aber das wandelt sie doch, oder nicht?"

Seufzend schüttelte ich den Kopf.

„Nein, durch das Mal wandelst du sie nicht. Wobei auch so was in Ausnahmefällen schon vorgekommen sein soll."

„Dann mache ich es nicht. Bevor ich was falsch mache und sie mich dafür hasst, lasse ich die Finger davon."

Schon war er aufgestanden und reichte mir die Hand.

„Danke für deine geduldige Erklärung", sagte er, ging aus dem Zimmer, sprang - wie ich hören konnte - mit einem Satz die Treppe hinab und eilte aus dem Haus.

Kurz darauf ertönte aus dem Wald ein frustrierter Heuler, der von einem fremden Wolf beantwortet wurde.

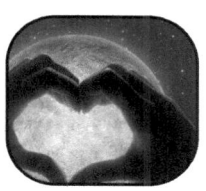

Emily

In der Ferne hörte ich Owens verzweifelten Ruf,–der unerwartet Antwort bekam.

Angespannt stand ich am Küchenfenster und rieb mir über den unglaublich schnell immer größer gewordenen Bauch, indem die Kinder sich bewegten.

„Ich werde nachsehen", hörte ich John von der Küchentür her. „Bleibt bitte hier, verriegelt alle Türen und vor allem – lasst niemanden rein außer Owen und mir!"

Schon hatte er sich verwandelt, und Jasmin ließ ihn raus.

„Ob wir wohl jemals Ruhe finden?" jammerte ich.

Meine Schwester umarmte mich: „Hey, du gründest gerade deine eigene kleine Wolfsfamilie!" Das regte mich nur noch mehr auf.

Ich stieß ich sie von mir, verpasste ihr eine Ohrfeige und stampfte los, um Fenster und Türen zu kontrollieren und, falls nötig, zu verriegeln.

Kurz darauf kratzte es an der Haustür, doch als Jasmin aus dem kleinen Sichtfensterchen hinaussah, stockte sie.

Durchs Wohnzimmerfenster sah ich einen schmalen roten Wolf vor der Tür sitzen.

Meine Schwester öffnete den Mund, um dem Vieh etwas zuzurufen, da traten am Waldrand zwei riesige Tiere aus den Schatten, die mir bekannt vorkamen:

Ein cremefarbener Polarwolf und ein hellbrauner Wolf - unsere Gefährten. Sie legten die Ohren an und fletschten die Zähne.

Owen geiferte sogar so sehr, dass einige Speichelfäden aus seinem Maul flossen.

Gerade kauerte er sich flach an den Boden, um den fremden Wolf anzugreifen, da wandelte sich dieser - und eine schlanke, rothaarige Frau stand vor der Tür. Verzweifelt hämmerte sie mit den Fäusten dagegen und rief: „Bitte lassen Sie mich rein! Die werden mich sonst töten, das sind Bestien!"

„Nein!", schrie Jasmin durch die Haustür zurück und kam zu mir ins Wohnzimmer, um von hier aus am Fenster besser sehen zu können, was vor dem Haus draußen geschah.

„Bitte, ich habe niemandem etwas getan! Ich habe nur einen Wolf heulen gehört und war neugierig, wem da das Herz so schwer war. Wenn Sie mir helfen, ziehe ich sofort weiter und sie sehen mich nie wieder!"

Sie hob die Hände, als Owen sich ihr noch weiter näherte. Doch dann wandelte er sich zurück und war in menschlicher Gestalt mit wenigen Schritten vor sie getreten.

Er fragte sie etwas, und kurz darauf blähten sich seine Nasenflügel. Erstaunt sah ich, wie sein Geschlecht sich aufrichtete. Ein Seitenblick zu Jasmin zeigte mir, dass auch sie das gesehen hatte. Das dürfte doch eigentlich gar nicht passieren können. John hatte sich inzwischen ebenfalls gewandelt und trat zu ihnen. Als sein Blick auf Owens offensichtliche körperliche Reaktion fiel, zog er die Stirn kraus.

Nun sprach auch John die Frau an, sie antwortete und sah dabei immer wieder verstohlen auf Owens doch recht stattliches Geschlecht.

Dann sagte wiederum John etwas, woraufhin die Rothaarige demonstrativ hinabsah und eine Erwiderung gab.

Plötzlich wandelte sich Owen und rannte davon.

Als John mit der Fremden das Haus betrat, sah er Jasmin direkt an. Auch ihm war aufgefallen, dass etwas nicht stimmte.

Die Fremde sah sich um, und als ihr Blick auf Jasmin fiel, kam aus ihrer Kehle ein dunkles Knurren, das dem Owens sehr ähnlich war.

„Sie riecht nach ihm - und doch sind sie nicht richtig verbunden. Sie trägt weder seinen Samen noch das *Mal*!", stellte sie fest, nachdem sie schnüffelnd um meine Schwester herumgegangen war.

„Warum ist Ihnen dieses *Mal* denn so wichtig?", fuhr Jasmin sie an.

„Solange Sie nicht seinen Samen *und* das Mal tragen, sind Sie nicht wirklich mit ihm verbunden. Deshalb kann er auch noch auf mich reagieren."

Als ich Johns Blick suchte, zuckte er mit den Schultern.

„Dieser Aspekt, dass es unbedingt beides benötigt, war selbst mir nicht bekannt", gab er kleinlaut zu.

„Und wie soll es jetzt weitergehen?", fragte Jasmin trotzig. Die Fremde lachte auf: „Lassen sie doch ihren Gefährten entscheiden!"

Dabei betonte sie das Wort Gefährte auf eine sonderbare Art.

„Erzählen Sie uns bitte etwas mehr über sich, Adeen?", bat John. Aha. Adeen hieß sie also. Ich ging in die Küche, um nun wirklich Tee zu machen und Essen zu richten.

Dabei ging mir die Frage nicht aus dem Kopf, wie Owen sich wohl entscheiden würde.

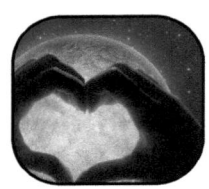

John

Die ganze Nacht heulte Owen im Wald und an Schlaf war, zumindest für mich, nicht zu denken. Der Morgen graute bereits, als sein Heulen endlich ein Ende nahm.

Mit einer seiner Hosen in der Hand und einer Tasse Kaffee trat ich vor die Tür, um auf ihn zu warten. Endlich erschien er und ich reichte ihm die Hose.

„Unser Besuch möchte dir etwas erklären und hören, was du dazu denkst."

Damit ließ ich ihn stehen und ging ins Haus.

Missbilligend musste ich feststellen, dass die Schwestern der Fremden immer noch nichts zum Anziehen gegeben hatten.

Sie musterte unverhohlen den Mann hinter mir und er fing an zu grollen, als der frische Geruch ihrer Lust durch den Raum zu uns herüber waberte.

„Adeen, wärst du so nett und würdest Owen erzählen, was du gestern schon Jasmin so ausführlich erläutert hast?", sagte ich zu ihr, und es schien, als hätte ich sie aus tiefen Gedanken gerissen.

„Natürlich. Es ist so, dass deine Gefährtin und du noch nicht richtig miteinander verbunden sind.–Deshalb kannst du auch noch auf andere Frauen reagieren und könntest dir sogar eine Andere zur Gefährtin nehmen."

Von Owen kam lediglich ein Nicken als Reaktion. Dann ging er, ohne ein Wort gesagt zu haben, die Treppe hinauf.

„Das war's? Er geht, einfach so?"

Sie wirkte verwirrt und verletzt. Jasmin stand auf und zuckte kurz mit den Achseln.

„Er ist halt kein Mann der vielen Worte."

Doch als sie ihm nachgehen wollte, verstellte die Rothaarige ihr den Weg.

„Was wird das?", knurrte sie leise und Jasmin zog nur eine Augenbraue hoch.

Ein mechanisches Klicken ertönte und ließ die Fremde verwirrt nach unten blicken, direkt auf den geliebten kleinen Trommelrevolver meiner zukünftigen Schwägerin.

Oben hörte man Owen lachen, dann kam er nackt aus dem zukünftigen Kinderzimmer, wo ich seine Sachen gelagert hatte.

„Jasmin sollte man besser nicht verärgern, wenn man Pelzträger ist!" Damit verschwand er im Bad und direkt danach erklang das Rauschen der Dusche.

Mit leisem Knurren rieb Adeen sich am Geländer und die Finger ihrer linken Hand glitten zwischen ihre Schenkel.

„Lass das!", schnauzte Jasmin sie an und scheuchte sie mit der Waffe zum Wohnraum zurück.

Die Badezimmertür sprang auf und Owen stürmte - nass und nackt die Treppe herunter. Am Geländer, dort wo Adeen sich gerieben hatte, blieb er stehen und blähte die Nasenflügel. Seine Erektion war beachtlich.

Ohne Jasmin und ihre Waffe zu beachten, ging Adeen auf ihn zu, bis sie mit gesenktem Blick direkt neben ihm stand. Seine Hand schnellte vor und packte ihr Handgelenk.

Er witterte und grollte leise, sodass sich der Rothaarigen die feinen Härchen am ganzen Körper aufrichteten. Ein sehnsüchtiges Seufzen entglitt ihr und schon hatte er sie auf die harten Stufen gedrückt.

Seine Spitze lag an ihrem Hintern, und er beugte sich über sie.

„Warum zur Hölle machst du mich so geil?", knurrte er ihr ins Ohr und rieb seinen Schaft zwischen den Pobacken.

Das war für mich das Zeichen, mich zu meiner Liebsten in die Küche zurückzuziehen. Emily stand am Küchenfenster und blickte geistesabwesend hinaus.

Erst als ich meine Arme um sie schloss, sah sie lächelnd zu mir auf.

Zärtlich streichelte ich über ihren Bauch und spürte zum ersten Mal den Tritt eines unserer Kinder. Sie verzog kurz das Gesicht, dann strahlte sie mich glücklich an.

Ich gab ihr einen Kuss, und sie rieb sich an mir.

Was hatten die Frauen heute bloß? Alle waren so erregt. Die lustvollen Geräusche der beiden Frauen und Owens immer heftigeres Stöhnen drangen von draußen zu uns herein und bei Emilys geschocktem Gesichtsausdruck überkam mich ein Grinsen.

„Nicht nur du bist heute *hungrig*, mein Liebes", zwinkerte ich ihr zu. Dann trat ich an die Küchentür in den Eingangsbereich und machte die dort Beschäftigten mit einem Räuspern auf mich aufmerksam: „Ihr müsst das dringend klären."

Schuldbewusst sah Owen mich an, zog sich sofort aus der Fremden zurück und rannte die Treppe hinauf. Jasmin schlich mir mit hochrotem, gesenktem Kopf in die Küche nach, wo auch Adeen kurz darauf hinzustieß.

Etwas später kam Owen, nun mit einer Hose bekleidet und gewaschen, wieder herunter. Als er sich zu uns an den Esstisch setzen wollte, schnauzte Emily ihn an.

„Für dich gibt's heute Abend nichts. Geh dir selbst was fangen!"

Mit hängenden Schultern trottete er zur Haustür, doch als Adeen sich ihm anschließen wollte, fauchte Emily „Denk nicht mal dran!"

Plötzlich hatte sie eine alte Flinte in den Händen, deren doppelläufige Mündung direkt auf Adeen gerichtet war. Zischend sog ich die Luft ein. Wenn selbst Emily zur Waffe griff, herrschte Alarmstufe Rot.

Owen verschwand schnell aus dem Haus, schlich kurz darauf wieder hinein und–wiederum nur etwas später auch mit Stiefeln und T-Shirt ausgestattet wieder an der Küche vorbei. Ich zog eine Augenbraue nach oben.

„Treffen mit einem alten Freund", sagte er nur, und ich warf ihm den Autoschlüssel zu.

„Fahr keine Delle rein - Emily häutet dich sonst bei lebendigem Leib! Sie liebt den Wagen!", grinste ich und Owen machte sich aus dem Staub.

Der Blick, den meine Gefährtin mir dabei zuwarf, versprach nichts Gutes.

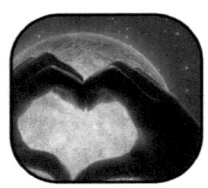

Emily

„Wieso gibst du ihm unseren Wagen? Er hat meine Schwester mit dieser roten ..."

„Bitte, Schatz - setz dich und lass die drei das unter sich regeln. Wir haben genug eigene Sorgen - denk an die Kinder. Bitte, beruhige dich wieder, Liebes."

Das sagte John mir in leisem Ton und rieb mir dabei zärtlich über den Rücken.

„Hmpf", schnaubte ich, setzte mich dann aber doch hin und warf den Anderen einen letzten bösen Blick zu.

Drückende Stille herrschte beim Essen, und als alle fertig waren, sprang Jasmin eilig auf, um den Tisch abzuräumen. Die ganze Zeit schon war sie unruhig auf ihrem Stuhl herumgerutscht, was mich ziemlich genervt hatte.

Adeen stand auf und sprang Jasmin beim Aufräumen zur Seite, als ob das für sie das Natürlichste der Welt wäre.

„Das wird nichts an unserer Einstellung ändern", sagte meine Schwester, aber die Fremde zuckte nur mit den Schultern.

„Das ist mir egal."

Entweder war diese Frau total eingebildet, oder es war ihr tatsächlich egal und sie handelte aus anerzogenem Anstand. John dirigierte mich ins Wohnzimmer, wo er mich aufs Sofa bugsierte.

Er setzte sich vor mich auf den Boden und rieb mir über meine angeschwollenen Beine. Jasmin kam ebenfalls hinzu und setzte sich zu mir aufs Sofa.

Diese Gelegenheit nutzte ich, um mich lang zu machen und die Beine über ihre zu legen.

Gedankenverloren nahm sie einen meiner Füße und begann ihn zu massieren. Zuerst war es entspannend, doch tat es irgendwann weh. Erst nachdem ich ihr mit dem anderen Fuß trotzig in die Rippen getreten hatte, reagierte sie.

„Es wäre schön, wenn du meinen Fuß ganz lassen könntest!", maulte ich und entzog ihn ihr.

In diesem Moment kam Adeen an die Tür des Wohnzimmers.

„Ich würde jetzt gerne rennen gehen. Wenn ich darf, komme ich später oder morgen noch mal vorbei?"

John nickte, und sie verschwand leise aus der Haustür.

„Wieso hast du sie gehen lassen?", fauchte Jasmin, und er zuckte mit den Schultern.

„Solange Owen hier ein- und ausgeht, wird sie wiederkommen."

Jasmin machte ein schmollendes Gesicht und keine Anstalten das Sofa zu verlassen. Also nahm John mich bei der Hand und führte mich hinauf ins Schlafzimmer, wo wir die ganze Nacht zusammen im Bett verbrachten. Meine Hormone spielten verrückt!

Ich bekam einfach nicht genug von seinen Zärtlichkeiten. Immer wieder liebten wir uns, bis ich im Morgengrauen, erschöpft, aber glücklich, in seinen Armen einschlief.

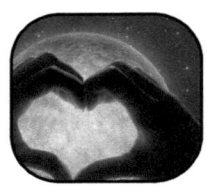

John

Draußen wurde es bereits hell, als meine sexhungrige Liebste endlich einschlief. Zärtlich strich ich ihr eine verirrte Strähne aus dem Gesicht und hauchte ihr einen Kuss auf die Stirn.

„Schlaf gut, mein Liebling."

Nach einer Weile, in der ich ihr zusah, schlief auch ich ein.

Gegen Mittag wurde ich wach. Eine innere Unruhe hatte mich erfasst und ich musste aufstehen. Noch lag meine schöne, schwangere Gefährtin im Bett und schlief. Auf Zehenspitzen schlich ich zur Tür und anschließend die Treppe hinab. Unten war Jasmin dabei zu kochen und ich schaffte es unbemerkt aus dem Haus.

Draußen streckte ich das Gesicht der Sonne entgegen und genoss die Wärme auf meiner Haut.

Dann wandelte ich mich und rannte in den Wald.

Wie ein junger Welpe wühlte ich mich durch Blätterhaufen und naschte von den Beeren, die hier wuchsen: Walderdbeeren! Es gab fast nichts Besseres als wildes Obst. Einige Zeit später trottete ich zum Haus zurück, wo ich überrascht auf meine Gefährtin traf, die mit einem Kaffee auf mich wartete.

„Essen ist fertig!"

Von dem süßen Kuss, den sie mir nach meiner Rückwandlung gab, hätte ich gerne noch mehr gekostet. Doch irgendwie strahlte sie etwas aus, das mich wieder unruhig werden ließ.

„Wann hast du deinen nächsten Kontrolltermin, Liebes?", fragte ich scheinbar nebensächlich.

Sie sah mich an: „Nach dem Essen müssen wir losfahren."

Oh, oh.

„Habt ihr noch einen Wagen?"

Zu meiner Erleichterung nickte sie.

„Den von unserem Vater", murmelte sie. „Nicht schön, aber fahrtüchtig."

Langsam dämmerte mir, was sie umgab: Es war die Anspannung vor dem, was der Arzt ihr wohl diesmal sagen würde. Dabei war das schon ihr fünfter Termin und ich war bei ihr. Außerdem musste sie mir die für sie oft aufregenden Neuigkeiten nicht erst irgendwie schonend beibringen.

Das Essen verlief schweigend und Emily ging direkt im Anschluss zu der Garage, in der tatsächlich ein sehr alter Ford stand. Zwar nicht schön, wie sie schon gesagt hatte, doch er sprang auf Anhieb an.

Nach dem tödlichen Blick, mit dem sie mich bedachte, als ich ihr anbot, zu fahren, stieg ich auf der Beifahrerseite ein.

Wir waren schon einige Minuten unterwegs, als sie sich plötzlich vor Schmerz stöhnend nach vorne beugte und sich mit beiden Händen an ihren Unterleib fasste.

„Nein, das kann nicht sein!", rief sie.

Während ich entsetzt zusehen musste, wie sich zwischen ihren Beinen der Stoff des Sitzes dunkel färbte, kam der Wagen von der Fahrbahn ab und überschlug sich.

Mein letzter Gedanke war „Sie ist doch erst im sechsten Monat!"

Mein Wolf drängte an die Oberfläche um seine Gefährtin zu beschützen, ich aber triftete in die Dunkelheit hinab. Dann umarmte mich die Ohnmacht.

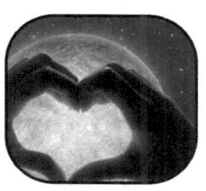

Emily

„Miss Jones, Sie müssen atmen!"

Immer wieder drangen diese Worte an mein benebeltes Bewusstsein heran. Ich öffnete schwerfällig die Augen. Jemand mit grüner Haube und Mundschutz stand über mich gebeugt und rief mir diese Worte zu. Tief sog ich die künstlich schmeckende Luft ein, und der grüne Mensch nickte zufrieden.

„Gut gemacht. Nun bekommen wir Sie wieder hin."

„Meine Kinder!", wollte ich rufen, doch etwas steckte in meinem Hals, und ich konnte nicht sprechen. Verzweifelt wehrte ich mich gegen dieses Ding, und der vermummte Mensch trat wieder in mein Sichtfeld.

„Beruhigen sie sich, Miss Jones. Alles andere wäre nicht gut für ihre Kinder!"

Schlagartig traf mich die Erkenntnis: Ich hatte Feuchtigkeit verloren, sicher war es Fruchtwasser gewesen.

Wieder wurde ich unruhig und der Mensch kam mit einer Spritze zurück, die er in eine Transfusion stach - meine Transfusion.

„Da Sie sich nicht beruhigen wollen, bin ich leider gezwungen, Ihnen ein Mittel zu geben. Wir können nicht verantworten, Sie oder Ihre Kinder zu verlieren."

Immer benebelter fühlte ich mich und wie in Watte gepackt, dann schloss ich meine Augen und gab mich diesem fluffigen Gefühl hin. Schwärze umfing mich, und ich wusste im ersten Moment nicht, wo ich war, doch dann fiel es mir wieder ein.

Wir hatten einen Unfall gehabt!

Meine Kinder! John!

Ruckartig setzte ich mich auf und ein nervtötendes, lautes Piepen durchriss die Stille.

„Pssst. Ich bin da, Liebes", hörte ich Johns Stimme in der Dunkelheit und spürte, wie sich seine sanften Hände um eine der meinen schlossen.

„Unsere Kinder?", fragte ich und spürte bereits die Feuchtigkeit in den Augen brennen.

„Es geht ihnen gut, sie schlafen. Du hattest einen Riss in der Fruchtblase, aus dem Fruchtwasser lief. Deshalb mussten sie die Kleinen auf die Welt holen."

Eine Krankenschwester kam herein und machte das Licht an.

„Ist bei Ihnen alles in Ordnung, Miss Jones? Dieser *Mann* hat behauptet, ihr Verlobter zu sein und ließ sich nicht davon abhalten, hier sitzen zu bleiben."

Es dauerte einen Moment, bis mir auffiel, wie sie das Wort Mann betont hatte. Als ich ihn ansah, zuckte er mit den Schultern und grinste.

„Nach dem Unfall war ich wohl total außer Rand und Band, da haben sie mir ein Beruhigungsmittel geben müssen."

Fragend sah ich die Frau an, und sie lächelte: „Schon seit einigen Jahren sind gewisse Institutionen über *besondere* Einwohner informiert und dafür ausgelegt, sich ihnen im Ernstfall annehmen zu können. Durch seinen kleinen Tobsuchtsanfall haben die Sanitäter gleich erkannt, dass er ein solcher, na ja - besonderer Einwohner ist, und haben sie beide direkt hierhergebracht."

Langsam sickerten ihre Worte zu mir durch. Es dauerte eine Weile, ehe ich das volle Ausmaß erfasste.

„Sie wissen Bescheid", stellte ich erstaunt fest und sie nickte, dabei lächelte sie mich immer noch herzlich an.

„Nun aber zu Ihnen, Miss Jones, ihre Geräte haben Alarm geschlagen!"

Mit schnellen Schritten trat sie zu mir und schob John kurzerhand zur Seite, was er mit einem unwilligen Knurren quittierte.

„Pfui, ab ins Körbchen!", frotzelte sie, zwinkerte ihm dabei aber zu.

„Bitte, Mister Hunter - lassen Sie mich meine Arbeit machen."

„Ich gehe mal kurz an die Luft, Liebes. Bis später."

Schnell beugte er sich zu mir herab und hauchte mir einen sanften Kuss auf die Stirn. Dann ließ er die Schwester und mich allein.

„Schwester?", fragte ich und sie antwortete leise, in freundlichem Ton: „Ich bin Schwester Mary. Und heute Nacht sorge ich dafür, dass es ihnen an nichts mangelt, Miss Jones."

Der beinahe schon mütterliche Blick aus ihren älteren Augen war wie Balsam nach all dem, was ich erlebt hatte.

„Darf ich meine Kinder sehen, bitte?", fragte ich. Sie stockte kurz in ihrer Bewegung.

„Wenn es Ihr Wunsch ist, werde ich einen Rollstuhl holen. Sie bleiben bitte im Bett und warten auf mich."

Mit schnellen Schritten verließ sie das Zimmer und kam einige Minuten später mit einem Rollstuhl zurück.

Geduldig half sie mir in eine sitzende Position und anschließend in das Gefährt. Der ganze Aufwand dauerte mehrere Minuten, und als ich endlich in dem Vehikel saß, fühlte ich mich ausgelaugt.

Langsam schob sie mich aus dem Zimmer und den Gang entlang.

Vor einer Tür machte sie Halt und ging hinein, nur um direkt wieder mit einer Stoffdecke hinauszutreten. Diese legte sie mir über den Schoß und die Beine - „damit Sie nicht auskühlen."

Und schon waren wir wieder unterwegs.

Wir fuhren mit dem Aufzug nach unten, durchquerten einen langen Gang, in dem einige Lichter flackerten und in dem es sehr kalt war. Dann bogen wir nach rechts ab, und es ging in einen anderen Aufzug.

„Es tut mir leid, doch man kommt intern nur auf diesem Weg in das andere Gebäude", sagte sie mit zerknirschter Miene, während die Kabine den Weg nach oben antrat.

Ein jüngere Krankenschwester kam eilig auf uns zu.

„Schwester Mary, soeben sind vier Personen zu dem Kinderzimmer gegangen! Davon waren drei *Besondere* dabei - und eine Frau, die sich als Schwester von Miss Jones ausweisen konnte!"

„Jasmin!" keuchte ich. Schwester Mary sah zu mir herab.

„Ist bei Ihnen alles in Ordnung, Miss Jones?"

Besorgnis schwang in ihrer warmen Stimme mit.

„Ja … aber ich weiß nur nicht, wie ich meiner Schwester das alles erklären soll", flüsterte ich. Sanft legte sie mir die Hand auf die Schulter: „Es wird schon schiefgehen. Lassen Sie uns erst einmal zu Ihrem Besuch fahren!" Und schon bewegten wir uns wieder.

Am Ende des Ganges bogen wir nach links ab. Dieser Gang war etwas kürzer, und ganz hinten lag auf der rechten Seite eine große Fensterfront, vor der vier Personen standen. Zwei davon drückten sich die Nasen an der Scheibe platt.

„Sind sie nicht süß?" hallte uns die Stimme meiner Schwester entgegen, was mir ganz warm ums Herz werden ließ.

Der Rest der Gruppe ließ ein „Pssst!" vernehmen.

Die Krankenschwester hatte mich in der Mitte des Ganges stehen gelassen und ging mit beherzt langen Schritten auf die versammelten Leute zu. Drei von ihnen kannte ich: Meine Schwester, Owen und die rothaarige Adeen. Doch die vierte Person, ein muskelbepackter Berg von einem Mann, war mir unbekannt. Was war hier los?

„Emily!", rief Jasmin, was ihr auch prompt ein weiteres „Pssst!" und den tadelnden Blick der Schwester einbrachte.

„Nur Angehörige dürfen hier rein!", bellte Schwester Mary. „Also wer von ihnen mit Miss Jones nicht blutsverwandt, verheiratet oder zumindest verlobt ist, der verlässt bitte sofort diesen Flügel!"

Owen und die Rothaarige senkten den Blick, dann verschlangen sie ihre Finger ineinander, und traten langsam auf mich zu.

„Zum Glück habt ihr alle überlebt", sagte Owen, beugte sich kurz zu mir herab und hauchte mir einen Kuss auf den Scheitel. Auch Adeen schien erleichtert zu sein, mich lebend zu sehen. Irgendwie hatte ich das Gefühl, etwas Wichtiges verpasst zu haben.

„Schön, dass du noch lebst", sagte sie leise und hielt mir ihre Hand hin, die ich ergriff.

Schon gingen sie weiter und mein Schwesterherz fiel mir regelrecht um den Hals.

„Emily!", schluchzte Jasmin. Ich legte meine Arme um sie. „Ich hatte solche Angst, dich zu verlieren!"

Ihre Tränen durchnässten mein Krankenhaushemdchen und ich hielt sie einfach nur fest.

Der Muskelberg bewegte sich langsam auf uns zu und rieb ihr sanft über den Rücken. Dabei hielt er mir seine andere Hand hin und lächelte mich herzlich an.

„Kjartan Eldarsson, es ist mir eine Ehre, dich kennenzulernen."

Zögerlich reichte ich ihm die Hand und stellte erstaunt fest, dass sein Händedruck sich genau richtig anfühlte.

„Hallo, Kjartan, darf ich fragen, wer Sie sind?"

Er nickte und sah mit einer Wärme auf meine Schwester hinab, die ich zuvor nur aus einem Blick von John gekannt hatte.

„Jasmin ist meine Gefährtin", war seine einfache Antwort und ich glaubte ihm.

Hinter mir hörte ich ein Räuspern aus den Kehlen von zwei Personen.

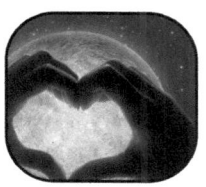

John

„Schwester Mary, ab hier würde ich gerne übernehmen!", sagte ich, und sie überließ mir den Rollstuhl mit meiner Gefährtin. Langsam gingen wir die restlichen Inch auf die Glasfront zu.

Dort war eine Tür eingelassen und im Raum liefen zwei Personen in blauer Kluft umher, die sich um die Babys, die hier lagen, kümmerten.

„Möchtest du reingehen, Liebes?", fragte ich. Emily nickte.

Leise öffnete ich die Tür und wir fuhren hinein. Jasmin und Kjartan warteten draußen.

Linkerhand stand ein großer Glaskasten, an den einige Schläuche und Monitore angeschlossen waren. Auf einer seiner Seiten waren zwei runde Eingriffslöcher eingelassen, die jedoch verschlossen waren. In seinem Inneren lagen zwei winzige Wesen. Ihre dunkelblauen Augen waren geöffnet, und sie schienen mich direkt anzusehen.

„Sie müssen Miss Jones sein, die Mutter!"

Eine junge Frau in blauer Krankenhauskleidung kam zu uns und stellte sich neben mich:

„Glückwunsch, Sie haben zwei gesunde Jungen!"

Ich brauchte einen Moment, um das zu verarbeiten.

„Haben Sie denn schon Namen für die beiden ausgesucht?", fragte sie uns. Emily schüttelte den Kopf.

„Soweit waren wir noch gar nicht gekommen", gab sie leise zu, und die Schwester nickte.

„Das ist nicht weiter schlimm für den Anfang. Sollten Sie aber bald nachholen!

Die jungen Herren möchten sicher gerne wissen, wie sie heißen!" Dabei zwinkerte sie uns freundlich zu und trat näher an den Kasten heran.

„Möchten Sie einen halten?", fragte sie. Wir schüttelten entsetzt den Kopf.

„Sie sind so winzig. Ich habe Angst sie zu verletzen.", sagte Emily und sprach damit aus, was auch ich dachte.

„Das geht vielen Eltern von Frühchen so. Es eilt nicht. Sagen Sie einfach Bescheid, wenn Sie so weit sind. Bis dahin reicht es den Kleinen gewiss, wenn Sie ihnen nur den Zeigefinger reichen."

Das traute meine Liebste sich zu, und ich schob sie neben den Glaskasten in Richtung der Eingriffslöcher. Die Frau reichte uns eine kleine Flasche Desinfektionsmittel und erklärte, wie man es anzuwenden hatte.

„Das Immunsystem Ihrer Kinder entwickelt sich erst noch. Bis dahin müssen wir darauf achten, alles von ihnen fernzuhalten, was sie krank machen könnte.

„Wissen Sie schon, ob die Jungen menschlich sind, oder ... so wie ich?", fragte ich leise, um die Kinder nicht zu erschrecken. Die Frau nickte.

„Es scheint so, als wäre ein Junge wie die Mutter. Dieser weist jedenfalls keinerlei Anzeichen für eine ... nun ja *besondere* Genetik auf."

Erleichtert atmete Emily aus. Meine Hand legte sich auf ihre Schulter und ich lächelte meine Gefährtin liebevoll an.

Anscheinend stand sie kurz davor sich zu entschuldigen, weil sie wohl dachte, mich gekränkt zu haben. Da beugte ich mich herab und gab ihr einen zärtlichen Kuss.

„Entschuldige dich nicht, Liebes. Alles ist gut, so wie es ist."

Die Schwester räusperte sich kurz.

„Der andere Junge jedoch weist *besondere* Merkmale auf und scheint wie Sie zu sein, Mister Hunter."

Nun spannte ich mich hinter Emily an.

Vor dem Fenster sah ich, wie meine störrische Schwägerin mit Kjartan am Diskutieren war. Er lächelte liebevoll auf sie herab, und sie hatte die Hände in die Hüften gestemmt.

Im Stillen hoffte ich, dass mit seinem Auftauchen endlich Friede in unsere kleine, verdrehte Welt einkehren würde.

-ENDE-

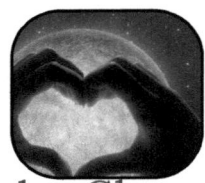

Steckbriefe der Charaktere:

John Hunter:

Birthday 6.9 (26 Jahre)

Größe: 1,83m Gewicht: 78kg

Haare: kurz, hellbraun

Augenfarbe: Bernstein

Hobbys: Sonnenbaden, Laufen

normale kanadische Schulbildung mit Abschluss

Beruf: Maurer

Familie: Adoptiveltern Menschen Prof. Dr. Charles Hunter - Professor für Krypto- und Parazoologie und Maria Welton-Hunter, beide verstorben

Geschwister: keine

Jasmin Jones:

Birthday 7.7 (24 Jahre)

Größe: 1,70m Gewicht: 65kg

Haare: sehr kurz, violett mit blauen Strähnen

Augenfarbe: Stahlgrau

Hobbys: Schießen, Werwolf-Jagd

normale amerikanische Schulbildung mit Uni-Abbruch,

Beruf: keiner

Familie: Vater Mensch, Gelegenheitsarbeiter

Mutter im Wochenbett verstorben

Geschwister: Emily Jones (Zwilling)

Emily Jones:

Birthday 7.7 (24 Jahre)

Größe: 1,70m Gewicht: 65kg

Haarfarbe: braun mit roten Strähnen

Augenfarbe: Stahlgrau

Hobbys: Kochen, Singen

normale amerikanische Schulbildung Abschluss

Beruf: keiner

Familie: Vater Mensch, Gelegenheitsarbeiter

Mutter im Wochenbett verstorben

Geschwister: Jasmin Jones (Zwilling)

Weitere Charakterauftritte, ohne Steckbrief

Owen Tikaani (Band 2)

Adeen O`Rourke (Band 2)

Kjartan Eldarsson (Band 3)

H. JONES

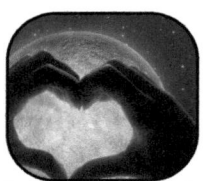

Zum Abschluss noch die Erklärung einiger Begriffe aus dem Buch:

Werwolf: Bei Vollmond wandeln sie zu reißenden Bestien, die Menschenfleisch fressen.

Ihre gewandelte Gestalt ähnelt einer Kreuzung von Affe und Ratte.

Charakter: unbeherrscht, wild, grob.

Lykaner: Die meiste Zeit des Monats sehen sie aus wie normale Menschen. Doch sind sie in der Lage, sich jederzeit zu wandeln.

Charakter: In der Regel menschlich, durchaus aber auch besitzergreifend und reizbar, wenn es um die Gefährtin/ den Gefährten geht.

Gefährtin/Gefährte: Nach der Vereinigung und Kennzeichnung mit dem Mal gilt man als erfolgreich verbunden und ist lebenslanger Partner eines Lykaners oder eines Werwolfs.

Verbindung: Ein Ritual, mit dem die Lykaner oder Werwölfe sich an ihre Gefährten binden. Dazu muss eine *Vereinigung* erfolgreich stattgefunden haben und das Mal angebracht worden sein.

Vereinigung: Ungeschützter sexueller Verkehr mit dem Partner, bei dem der Samen eine tragende Rolle spielt.

Mal: Bissnarbe, die einen Geruch absondert, der nur für Werwölfe oder Lykaner wahrnehmbar ist.

Wandlung: Metamorphose in einen Wolf, Berserker (Kampfform) oder Werwolf.

Berserker: Aufrecht gehende, vergrößerte und sehr muskulöse Kampfform des Lykaners - weniger abstoßend als ein Werwolf, diesem jedoch ebenbürtig.

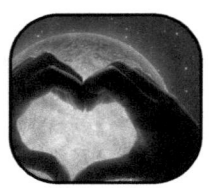

Danksagung:

Mein unendlicher Dank geht an die Leute auf *Patreon*, denn sie haben mit ihrer finanziellen Unterstützung das Lektorat möglich gemacht.

Clemens danke ich für seine Geduld und die tolle Zusammenarbeit - er war der Lektor.

Gabi gilt an dieser Stelle ein dickes Danke. Sie ist eine besondere Seele: erste Stammleserin, Mut Macherin, virtuelle Freundin, Vertrauensleserin und Arschtritt-Verteilerin, wenn ich am liebsten aufgeben möchte. Und jedes Mal zaubern ihre Rezensionen ein Lächeln in mein Gesicht.

Für diese Neu-Auflage hat sich *Lillith* ihres Zeichens Chaoskönigin, Leckermäulchen und angehende Autorin meiner erbarmt und Korrekturgelesen.

Den Feinschliff verdanke ich *Chris* meinem Bruder im Herzen, liebsten Rechtschreib-Grammatik-Verbesserer und besten Freund.

Natürlich danke ich ganz besonders herzlich *Dir* dafür, dass Du Interesse an meinen Büchern hast!

Erst durch meine Leser erfüllt sich mein Traum Autor zu sein

DANKE

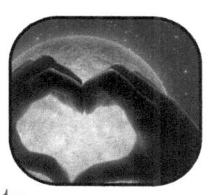

Schlusswort:

An dieser Stelle möchte ich mich bei Dir bedanken, dass Du John, Jasmin und Emily begleitet hast.

Es wäre sehr schön, wenn Du mir ein paar Worte als Rezension hinterlassen könntest.

So erfahre ich, ob Dir das Buch gefallen hat - oder falls nicht: was ich in Zukunft besser machen kann.

Mit liebem Gruß

Liam Rain

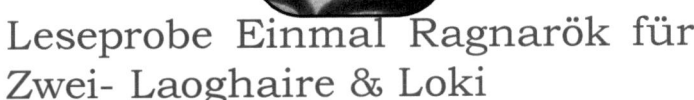

Leseprobe Einmal Ragnarök für Zwei- Laoghaire & Loki

Laoghaire

Lautes Schrillen kündigte das Ende des langen Schultages an. Augenblicklich wurde es laut im Klassenzimmer und ich schmunzelte. Nicht nur, dass die Kinder den Tag hinter sich hatten, es stand auch das Wochenende vor der Tür. Normalerweise benahmen sich meine kleinen Zwerge vorbildlich, so vorbildlich Sechsjährige eben sein konnten. Aber freitags herrschte auch in meiner Klasse Ausnahmezustand.

Lächelnd packte ich meine Sachen zusammen, während der Großteil der Schüler schon aus dem Raum stob.

Auf dem Flur traf ich auf Terry, eine von den insgesamt vier Lehrkräften, die wir in der kleinen Schule waren.

»Schönes Wochenende Lao. Und wenn du es dir doch noch einmal anders überlegst«, sie zwinkerte, während mir ein leises Seufzen entwich, »dann hast du meine Nummer.«

»Danke, das wünsche ich dir auch.«

Winkend schlängelte Terry sich durch die Schülerschaft. Seit ich vor einem halben Jahr hierhergezogen war, schien sie sich zur Aufgabe gemacht zu haben, mich endlich dazu zu bekommen, am Wochenende mit auszugehen. Allerdings war ich ganz sicher nicht aus meinem letzten Wohnort geflohen, um mich sofort ins nächste Abenteuer zu stürzen. Bewusst hatte ich mich für Ballycotton entschieden. Mit seinen 425 Einwohnern, direkt an der irischen Küste im Süden gelegen, hoffte ich, hier zu Ruhe zu kommen und mit meiner Vergangenheit endlich abschließen zu können.

Ich trat auf den Pausenhof und genoss die warmen Sonnenstrahlen auf meiner Haut. Der nahende Sommer kündigte sich an und ich freute mich, diesen am Wasser zu verbringen. Schon jetzt nutzte ich jede Minute meiner freien Zeit, um ausgedehnte Spaziergänge am Strand, aber auch in den Weiten der Wiesen zu unternehmen.

»Auf Wiedersehen, Miss O'Byrne«, riefen mir einige der letzten Schüler zu.

Ich klemmte die Tasche auf meinen Gepäckträger fest und verließ endlich auch das Schulgelände. Ich liebte meinen Beruf, wirklich … aber im Moment genoss ich die Ruhe um einiges mehr. Die Zeit vor meinem Umzug war sehr … nervenaufreibend, um es einmal nett auszudrücken.

Während ich auf die Straße einbog, sah ich aus dem Augenwinkel etwas Felliges, das sich in Bewegung setzte, sobald ich in die Pedale trat. Der riesige Hund war mir vor einigen Tagen erstmals aufgefallen.

Herrenlos stromerte er durch den kleinen Ort, wobei es mir mittlerweile vorkam, als ob er irgendwie immer in meiner Nähe anzutreffen war. Als ob er mich verfolgen würde.

Und tatsächlich, nachdem ich in den Feldweg eingebogen war, der mich zu meinem Cottage bringen würde, trottete auch der große Hund weiter hinter mir her. Eigentlich hatte ich keine Angst vor Hunden, egal wie groß sie waren, aber mittlerweile behagte es mir nicht mehr, dass dieser Hund immer hinter mir herlief, ohne dass ein Besitzer weit und breit zu sehen war.

So schnell war ich noch nie an meinem Häuschen angekommen und darin verschwunden.

Ich hatte mir noch nicht einmal die Zeit genommen, meine Tasche vom Gepäckträger zu nehmen. Aber dieser Hund machte mich einfach nervös. Eben hatte er mich mit einer Intensität angestarrt, dass mir ganz anders wurde.

Vorsichtig schob ich die Gardine am Küchenfenster zur Seite und spähte nach draußen.

Der Hund lief in einigem Abstand um mein Cottage herum, legte dann den Kopf schief, als ob er lauschte, und schon sprang er in großen Sätzen davon. Gab es vielleicht doch einen Besitzer, der ihn gerade gerufen hatte? Wobei ich nicht wusste, ob es mich nervöser machte, wenn der Hund mir herrenlos folgte, eben weil er Anschluss suchte, oder es jemanden gab, der ihn hinter mir herschickte.

Normalerweise ging ich abends noch eine Runde spazieren, da ich aber weder dem großen Hund, noch dem Besitzer begegnen wollte, schlüpfte ich schnell - nachdem ich mich zigmal vergewissert hatte, dass der Hund wirklich weg war - nach draußen und rannte mit der Tasche fest an die Brust gepresst wieder nach drinnen.

Anstatt somit heute durch die Wiesen und an der Küste entlang zu streifen, zog ich mir die Hefte meiner Schüler hervor und beschloss, den ersten Test den sie hatten schreiben müssen, heute schon zu korrigieren.

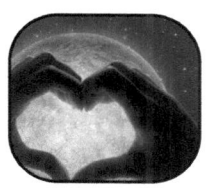

Loki

Seit Jahrhunderten schon wandelte ich nun über diese triste, tote Welt, stets begleitet von meinem Warg, einem riesigen wolfsähnlichen Wesen. Seit mein Vater mich aus dem Reich Asgard, unserer göttlichen Heimat, verstieß, war ich einsam. Die Sterblichen hatten sich weiterentwickelt, sie bewegten sich in eigenartigen Metallkästen über ihren Planeten und richteten ihn langsam mit ihrem Unrat zugrunde. Doch eine Maid war mir besonders ins Auge gefallen. Sie lebte auf einer kleinen Insel, auf der das Volk der Kelten sich niedergelassen hatte. Onyxfarbene, lange Haare, Augen von der Farbe des Grasmeeres, weiche weibliche Kurven und ein Mund, der mir die ewige Verbannung schwermachte. Immer wieder sandte ich meinen treuen, tierischen Begleiter zu ihr, um sie durch seine Augen zu beobachten. So auch jetzt.

»Alvar, geh und leiste ihr Gesellschaft.«

Ein kurzes Knurren zur Bestätigung und mein Warg stieg durch die dünne Dimensionsschicht hindurch, die für mich eine unnachgiebige Barriere darstellte.

Meinen Blick vor der tristen Welt, auf der ich festsaß, verschließend, sah ich durch seine Augen. Ein breiter schwarzer Weg mit weißen, kurzen Strichen in der Mitte, über den Metallkästen rauschten. In einem ruhigen Moment, in welchem keines der Fuhrwerke kam, rannte er zur anderen Seite. Ein wenig abseits des Weges wogte dichtes grünes Gras hin und her. Vereinzelte Blüten standen im saftigen Grün. Fast schon konnte ich die frische Luft schmecken, die ihm dort um die Nase wehte.

Eine unbedachte Bewegung meines Fußes wirbelte eine Staubwolke auf die sich trocken über mein Gesicht legte und mir das Atmen erschwerte. Dadurch wurde meine Konzentration gestört und die Verbindung zu meinem Warg unterbrochen. Erst ein kräftiges Niesen erleichterte mir die Atmung. Sofort konzentrierte ich mich auf Alvar und seine Eindrücke.

Die Verbindung entstand erneut und die Vielfalt in dem Grasmeer beeindruckte mich ebenso, wie die stille Schönheit, die das Ziel seiner Reise darstellte. Die Maid überragte meinen Begleiter kaum an Höhe, dennoch war ich mir gewiss, dass sie an meiner Seite nicht zu klein wirken würde.

Endlich erreichte er den Ort. Während er zu seinem auserwählten Beobachtungsplatz unterwegs war, wichen ihm die Menschen aus und wechselten auf die andere Seite des Weges. In dem Moment wo er sich hinsetzte, kam sie aus einem Gebäude. Mit ihr lief eine Schar fröhlicher Kinder. Sie alle schienen noch sehr jung zu sein, vielleicht gerade einmal sechs Menschenjahre, und verabschiedeten sich von der Frau, ehe sie zu ihren Eltern liefen. Einige der Kleinen deuteten auf Alvar, meinen Warg und riefen begeistert etwas von einem großen zottigen Hund. Mein pelziger Freund folgte der Schwarzhaarigen in einigem Abstand. Sie war auf ein seltsam anmutendes Gestell mit zwei Rädern gestiegen, dass sich nun bewegte.

Mit ihren Füßen schob sie kleine Paddel im Kreis auf und ab, was das Gefährt vorantrieb.

Alvar lief ihr gemächlich hinterher, den breiten Weg entlang, bis er auf einen noch kleineren, sandigen Pfad stieß. Vorbei an einer Umzäunung mit Pferden darin und abgegraster Wiese. Eine niedrige Hütte war ihr Ziel.

In einigem Abstand streifte der Warg nun um das Gebäude, denn sie war hineingegangen, und hatte die Tür geschlossen.

Seufzend rief ich ihn zu mir zurück. So gern ich dortgeblieben wäre, wenn die Sonne unterging und die Tür zu war, gab es sicher nichts mehr zu sehen für Alvar und mich.

Er kam zurück durch die verhasste Dimensionsbarriere und trat an meine Seite, als ob er nie fort gewesen wäre. Einmütig wanderten wir über die staubige Welt, die einst der Planet Midgard war - ehe ich den Weltenbrand ausgelöst hatte. Seufzend wurde ich mir erneut meines unendlichen Vergehens bewusst.

Wäre ich nicht so töricht gewesen und hätte Söhne gezeugt, die ich niemals hätte haben sollen, hätte ich nie das gefürchtete Ragnarök eingeleitet. Zur Strafe wurde ich wie ein trotziges Kind mit Arrest bedacht. Weggesperrt zwischen Raum und Zeit, damit ich keine Streiche mehr spielen und über meine Fehler nachdenken konnte.

Jeden Tag gab mir Odin Gelegenheit ein Einsehen zu zeigen und für mein Vergehen einzustehen. Mein Begleiter drückte seine Schnauze in meine Hand und ich wusste diese tröstende Geste zu schätzen. Doch niemals würde ich Göttervater, den Obersten der Asen, Odin, um Verzeihung bitte, nicht nachdem er mich mein Leben lang angelogen hatte!

»Komm Alvar, lass uns noch ein wenig gehen. Etwas Anderes kann ich ohnehin nicht tun.«

Gemeinsam bewegten wir uns wieder voran, einen Fuß vor den anderen setzend.

Erst durch einen Angriff der Riesen auf Asgard erfuhr ich, dass Odin nicht mein leiblicher Vater war. Nein, er hatte mich meinen Eltern geraubt und zu sich geholt, um so den Riesenkönig zu zwingen, Frieden zu halten. Meine Hände waren zu Fäusten geballt, vor Zorn auf meinen Gottvater und auf mich.

Unerwartet trieben meine Gedanken wieder zu der Maid. Was wohl ihre Sorgen waren? Was mochte sie? Was fand sie abstoßend? Was brachte sie zum Lachen?

Ich war stehen geblieben und richtete den Blick auf die Welt der Sterblichen. Dort lag die Nacht mit ihrem sanften Schleier über der Insel und sie schlief gewiss. Ein Blatt von Yggdrasil für ihre Träume.

-Ende der Vorschau-

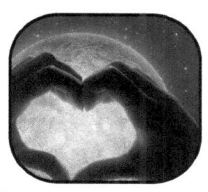

Rechtliches:

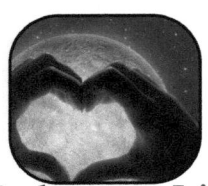

Die Reihe „Lykaner Liebe" ...

besteht aus einer, teilweise fortlaufenden, Geschichte über mehrere Bände:

John Hunter (Band 1) 2017 (Erstauflage)

John & Emily (Band 1) 2020 (Neuauflage nach großer komplett Überarbeitung!)

Owen Tikaani (Band 2) bereits erschienen

Kjartan Eldarsson (Band 3) bereits erschienen

Weitere Bände sind in Arbeit

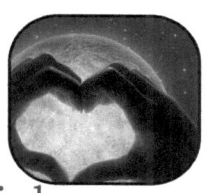

Weitere Bücher von/mit Liam Rain

Owen Tikaani (Lykaner Liebe 2)

Einmal Ragnarök für Zwei – Laoghaire & Loki (mit Melanie Weber-Tilse)

Ein orientalisches Winterlicht

Kjartan Eldarsson (Lykaner Liebe 3)

Der Autor

Er ist ein schräger Vogel mit Galgenhumor, süchtig nach Kaffee und Musik.

Unter dem Pseudonym Liam Rain findet man Bücher verschiedener Genres (mit & ohne Erotik) für Erwachsene.

Im Oktober 1981 erblickte Liam im schönen Saarland das Licht der Welt.

Seine Leidenschaft zum Schreiben und Lesen entdeckte er bereits früh in der Grundschule. Von da an ärgerte er seine Lehrer regelmäßig mit sehr langen und fantasievollen Aufsätzen. Später versuchte Liam sich an Gedichten und der einen oder anderen Kinder- & Jugendkurzgeschichte.

Bisher widmete er die meisten seiner Worte der fantastischen Welt hinter der Vernunft. Dort wo es Phönix, Werwolf und sogar Harpyie gibt. Wo Misch und Wer-Wesen in derselben Welt nebeneinander leben und der Mensch eher als Leser, denn als Einwohner anwesend ist. Jedoch sind auch Geschichten anderer Genres bereits in Arbeit.

Liam steht noch am Anfang seiner Schriftsteller-Karriere.

Um den Lesern jedoch ein bestmögliches Lesevergnügen bereiten zu können, entwickelt er seinen Schreibstil und dadurch auch seine entstehenden Texte stetig weiter.

Aber seine ersten Bücher hat er nicht vergessen! Sie erhalten baldmöglich das dringend notwendige professionelles Lektorat / Korrektorat.

Seine Hobbys sind: lesen, Musik hören, Spazieren mit Familie &Hund, musizieren und natürlich Schreiben. Zwischen all dem verfällt er manchmal seinem einzigen Laster: Videospiele.

Worte jenseits der Vernunft. Welten, in denen fast vergessene und neumodische Mythen leben. Prickelnde Leidenschaft und Romantik – dafür steht Liam Rain.

Inhalt